The Scarlet Letter

푸른숲
징검다리
클래식
019

주홍 글씨

The Scarlet Letter

너대니얼 호손 지음
김욱동 옮김

푸른숲주니어

'푸른숲 징검다리 클래식'을 펴내며

어린 시절, 할머니께서 조근조근 들려주시던 옛날이야기는 새로운 세상과 통하는 작은 창이었다. 상상의 날개를 달고 떠나는 창 너머 세상으로의 여행은 들어도 들어도 질리지 않는 재미와 마음속 깊은 곳을 울리는 감동을 선사해 주곤 했다. 그뿐 아니라 우리의 삶을 어떻게 꾸려 가야 하는지 곰곰이 생각해 보게 하는 지혜를 가르쳐 주었다. 말하자면 우리는 그 이야기들을 통해 '삶'을 배운 셈이다.

우리가 문학 작품을 읽어야 하는 까닭 또한 '삶을 배운다'는 점에서 크게 다르지 않다. 우리는 한 편 한 편의 문학 작품을 만나 사랑을 배우고, 우정을 배우고, 진실을 배우고, 지혜를 배운다.

그런 점에서 '푸른숲 징검다리 클래식'은 참 의미가 깊다. 오랜 세월을 거치며 각 나라의 문학사에 확고히 자리매김한 작품들을 한데 모았기 때문이다. 문학을 사랑하는 사람들이 즐겨 읽어 세계적인 명저로 일컬어지는 작품들……. 이를테면 우리 부모 세대, 아니 그 이전 세대부터 즐겨 읽었던 작품들로 많은 이들에게 삶의 의미와 가치를 일러주고, 또 '인생'이란 망망대해에서 등대 역할을 담당했던 것들이다.

　세월이 흘러 사람들이 사는 모습도 달라지고 생각도 달라졌다. 그러나 시대와 장소를 뛰어넘어 변하지 않는 것이 있다. 바로 '삶'이다. 사람이 있는 곳이라면 어디든지 존재하는 삶은 항상 저마다의 무게를 떠안고 있다. 그 무게는 진실이라는 옷을 입고 문학 작품 속에 영원한 생명을 불어넣는다. 우리는 그것을 '고전'이라 부른다.

　그러나 제아무리 훌륭한 고전이라 해도 독자가 읽고 소화할 수 없다면 아무런 소용이 없다. 지나치게 방대한 분량과 길고 어려운 문장은 책을 읽으려는 청소년들의 의지를 꺾을 뿐 아니라 좌절감마저 불러일으킨다.

　'푸른숲 징검다리 클래식'은 바로 그러한 점을 염두에 두고 기획된 세계 명작 시리즈이다. 작품이 본디 지닌 맛과 재미를 고스란히 살리면서 우리 청소년들이 읽고 소화하기 쉽게 글을 다듬었다.

　그리고 본문 뒤에는 현직 국어 교사들이 직접 쓴 해설을 붙였다. 작가나 작품에 대한 풍부한 설명은 물론, 그 작품들이 지니고 있는 현재적 의미까지 상세하게 짚어 보이고 있다. 아울러 해설 곳곳에 관련 정보를 담은 팁과 시각 자료를 배치해, 읽는 재미를 넘어 보는 재미까지 만끽할 수 있도록 했다.

　아무쪼록 '푸른숲 징검다리 클래식'을 통해 우리 청소년들의 삶이 더욱더 깊고 풍성해지기를…….

2006년 4월

기획위원　강혜원·계득성·문재용·전종옥

| 차례 |

제 1 장

감옥 문

우중충한 잿빛 옷에 잿빛 고깔모자를 쓴, 수염이 텁수룩한 남자들이 목조 건물 앞에 모여 있었다. 그리고 몇몇 아낙네들이 이들 사이에 섞여 있었다. 이 건물은 감옥이었다. 이곳의 대문은 육중한 참나무로 만들어져 있었고, 거기에는 큼직한 무쇠 못이 촘촘히 박혀 있었다.

새로이 식민지를 건설한 사람들은 그 땅의 일부를 묘지와 감옥의 부지로 삼겠다는 계획을 세웠다. 이 계획에 따라 보스턴을 세운 조상들은 콘힐 근처에 감옥을 지었고, 그와 같은 시기에 아이작 존슨(1590~1643, 매사추세츠로 이주한 신앙 지상주의자로, 훗날 추방되었다.─옮긴이)의 땅에 그의 무덤을 중심으로 묘지를 마련하였다. 그렇게 하여 훗날 존슨의 무덤은 킹스 채플(보스턴 최초의 영국 성공회 교회로 1686년에 세워졌다. 이 교회 근처의 묘지에는 청교도들이 가장 많이 묻힌 것으로 알려져 있다.—옮긴이) 묘지를 가득 채운 무덤들의 중심이 되었다.

보스턴 시(市)가 세워진 지도 어느덧 이십 년 가까이 되었다. 그동안 이 감옥도 갖은 풍상에 찌들어 낡고 음침한 느낌을 자아냈다. 참나무 대문에 붙어 있는 녹슬고 묵직한 쇠붙이들은 이곳 신세계에 있는 그 어느 것보다도 예스러워 보였다. 죄악에 관련된 모든 것이 그렇듯, 이 감옥도 젊고 화려한 시절이라고는 단한 번도 누려 본 적이 없는 듯했다.

감옥 문 한쪽에는 들장미 덤불이 거의 문턱까지 자라나 있었다. 이 덤불은 마침 6월을 맞아 보석처럼 아름다운 꽃송이들로 뒤덮여 있었다. 어쩌면 이 꽃송이들은 감옥으로 들어가는 죄수들이나 처형을 받으러 끌려 나오는 죄수들에게, 대자연의 깊은 마음을 대신하여 그윽한 향기와 덧없는 아름다움을 베풀고 있는 것인지도 몰랐다.

사실 이 들장미 덤불은 기이한 인연으로 역사 속에 살아남은 것으로 알려져 있었다. 본래 덤불을 뒤덮으며 자라던 우람한 소나무들과 참나무들이 쓰러지고 나서 가까스로 살아남은 것일까? 아니면 누군가 말했듯 훗날 성자가 된 앤 허친슨이 감옥 문으로 들어설 때 그 발자국을 따라 돋아난 것일까. 그것은 정확히 알 수 없다. 다만 이제 막 이야기를 시작하려는 저 불길한 감옥 문턱에서 들장미들을 발견했으니, 그 가운데 한 송이를 꺾어 독자 여러분에게 선사하려고 한다.

아무쪼록 이 꽃 한 송이가 이야기 도중에 만나게 될지도 모를 향기로운 도덕의 꽃을 상징하기를, 그리고 인간의 연약함과 슬픔이 깃든 이야기의 어두운 결말에 조금이나마 위로가 되어 주기를 바란다.

제 2 장

처형대에 서다

　지금으로부터 이백여 년 전, 어느 여름날 아침이었다. 감옥 앞 잔디밭에는 수많은 보스턴 시민들이 모여 있었다. 그들은 무쇠 못으로 고정해 놓은 참나무 문을 하나같이 뚫어지게 바라보고 있었다.

　이런 장면이 보스턴이 아닌 다른 지방에서 벌어졌거나 뉴잉글랜드 역사에서 보다 훗날에 벌어졌다고 치자. 그랬다면 돌처럼 딱딱하게 군은 이들의 표정을 본 사람들은 뭔가 큰일이 일어날 것이라고 생각했을 것이다. 이 사람들은 어쩌면 어느 악명 높은 죄수의 처형을 기다리는 것이었는지도 모른다. 그리고 그 죄수에 대한 법정의 판결은 일반 사람들이 이미 감정적으로 내린 판단을 승인하는 것에 지나지 않을 수도 있었다.

그러나 초기 청교도들의 엄격한 성격에 비추어 볼 때, 이와 같은 추측을 자신 있게 단정할 수는 없다. 그것은 어쩌면 게으름을 피우는 하인, 혹은 부모의 손으로 관리에 넘긴 불효자식이 태형장(笞刑場)에서 곤장을 맞는 장면일 수도 있었다. 아니면 청교도 교리에 맞서는 사람들이나 퀘이커 교도들, 또는 그 밖의 이교도들이 채찍을 맞으며 마을 밖으로 추방당하는 장면인지도 모른다. 집 없이 떠돌아다니는 게으른 인디언이 백인들이 마시는 독한 술을 마시고는 거리에서 주정을 부리다가 매질을 당하며 숲 속으로 쫓겨 가는 것일 수도 있었다. 그것도 아니라면 어느 치안 판사의 미망인인 히빈스 노파 같은 성미 고약한 마녀가 처형대의 이슬로 사라지는 순간인지도…….

어느 경우였건 간에, 이곳에 모인 구경꾼들은 그 시대 사람들답게 한결같이 엄숙하였다. 그들은 종교와 법률을 똑같은 것으로 인식하였다. 따라서 백성들의 기강을 잡는 자리에서는 벌이 가볍든 무겁든 상관없이 모두가 두려워할 만큼 엄숙한 분위기가 감돌았다. 그래서 법을 어긴 자가 군중에게 동정을 구한다 해도 그는 차디찬 반응을 견뎌야 했을 것이다. 요즘의 눈으로 본다면 그저 조롱이나 야유에 지나지 않을 처벌이라 할지라도 그 당시엔 사형 못지않은 불같은 위엄을 띠고 있었다.

이야기의 막이 오르는 그 여름날 아침, 구경꾼들 틈에 서 있는 몇몇 여자들은 곧 눈앞에 펼쳐질 형벌 집행에 비상한 관심을 보였다. 그 당시는 그다지 교양이 높은 시대가 아니었다. 그래서 페티코트나 파딩게일(치마가 둥글게 부풀어 오르도록 버팀살을 넣은 치마, 혹은 그 버팀살—옮긴이)을 차려입은 여자들이 아무렇지도 않은 듯 사람들 사이로 끼어드는가 하면, 때로는 마구 비집고 들어서는 일도 마다하지 않았다.

"여러분, 내 말 좀 들어 봐요."

오십 대쯤 되어 보이는 억세게 생긴 아낙네가 입을 열었다.

"헤스터 프린 같은 나쁜 계집은 우리처럼 나이도 지긋하고 교인으로서 떳떳한 사람들이 처리해야 하지 않겠수? 만약 우리가 저 음흉한 계집에게 판결을 내린다면, 판사들이 내린 그 정도의 처벌로 끝날 리가 없지. 어때요, 그렇지 않아요?"

그러자 다른 여자들도 하나 둘 말을 거들기 시작했다.

"소문을 듣자 하니 딤스데일 목사님은 자신의 교구에서 어떻게 그런 불미스러운 일이 일어났느냐며 굉장히 가슴 아파 하신다는군요."

"판사님들도 신앙심이 깊은 분들이겠지만, 참 인정도 많지 뭡니까? 헤스터 프린은 달군 쇠로 이마에 낙인을 찍는 벌을 받아 마땅해요. 그래야 법이 무서운 줄을 알지요. 그 화냥년이 가슴 한복판에다 무엇을 달았다고 해서 눈 하나 깜짝하겠어요? 보나마나 브로치 같은 것으로 그 자리를 가리고는 태연하게 나돌아다닐걸!"

이 말에 어린아이의 손목을 잡은 젊은 여자가 부드러운 목소리로 말했다.

"가슴에 달린 걸 아무리 열심히 가려 본댔자 그 가슴속의 괴로움은 가시지 않을 거예요."

그러자 그들 중에서도 가장 매정하게 생긴 여자가 외쳤다.

"다들 가슴에 무슨 표지를 다느니, 이마에 낙인을 찍느니 하는데, 죄다 가당치도 않은 말이에요. 저 여자는 우리 모두를 욕되게 했으니 마땅히 죽어야 해요. 아니, 저런 여자를 벌할 법률 하나 없답니까? 성경 말씀에도 있고 법전에도 엄연히 있는 걸 가지고. 그런데도 판사님들은 그 법률을 따르지 않았으니, 자기 딸이나 부인이 잘못된 길에 들어서도 할 말이 없겠군요!"

"나 원 참, 아주머니도!"

군중 가운데에서 한 남자가 소리쳤다.

"그래, 부인네들은 교수대가 없이는 부덕(婦德, 부녀자가 지켜야 할 덕행―옮긴이)조차도 지킬 수 없단 말입니까? 참으로 기가 막히는군요. 이제 좀 조용히들 하세요. 감옥 문이 열리고 있어요. 곧 헤스터 프린이 나타날 겁니다."

마침내 감옥 문이 안으로부터 활짝 열렸다. 그러더니 허리에 칼을 차고 왼손에 관장(官杖, 관아에서 죄수를 때리던 매―옮긴이)을 쥔 관리가 불쑥 나타났다. 그는 엄격하기 그지없는 청교도

법을 자신의 험상궂은 얼굴과 행동으로 고스란히 보여 주고 있
었다. 그의 임무 역시 바로 그 법을 죄인에게 가차 없이 적용하
는 것이었다. 관리는 관장을 쥔 손을 휘두르며 다른 손으로는
젊은 여자의 어깨를 잡은 채 그녀를 앞으로 끌고 나왔다.

감옥 문턱에 이르자, 젊은 여자는 강한 의지와 위엄이 서린 몸
짓으로 관리의 손을 뿌리쳤다. 그러고는 문 밖으로 당당하게 걸
어 나왔다. 그녀의 품에는 태어난 지 석 달밖에 되지 않은 젖먹
이가 안겨 있었다. 갓난아이는 쏟아지는 햇빛에 눈이 부신 듯
조그만 얼굴을 돌리며 눈을 깜박거렸다. 지금껏 음침한 감방 안
에서만 지내 온 탓에 두 눈이 어둠에 익숙했던 것이다.

이 여자는 군중 앞에 몸이 드러나는 순간, 충동적으로 아기
를 꼭 끌어안았다. 그것은 가슴속에서 모성애가 솟아나서라기
보다는, 자신의 옷에 달린 징표를 감추어 보려는 요량에서 나온
행동이었다. 그러나 이내 그녀는 이미 드러난 치욕의 징표로 또
다른 치욕의 징표를 감추어 봤자 소용이 없다는 사실을 깨달은
듯했다. 아기를 한쪽 팔에 안고 얼굴을 붉히면서도 부끄러운 기
색이라곤 없이 의연한 미소를 머금고 사람들을 둘러보았다.

젊은 여자의 윗옷 가슴 한복판에는 금실로 꼼꼼하게 수를 놓
은 바탕에 선명한 주홍빛 헝겊으로 새긴 'A'가 달려 있었다. 이
글씨는 풍부한 예술적 상상력을 한껏 발휘하여 만든 것으로, 그
녀가 입고 있는 옷에 썩 잘 어울리는 장식적 효과를 내고 있었다.

그녀는 키가 컸으며, 풍만한 자태가 더할 나위 없이 기품 있어 보였다. 칠흑같이 검고 풍성한 머리카락은 햇빛에 반사되어 반들거렸고, 이목구비가 단정하고 살결이 눈부시게 희었다. 훤히 드러난 이마와 짙은 눈썹, 흑진주 같은 검은 눈동자는 매혹적인 느낌을 더했다. 또한 당시 정숙한 여성들에게서 찾아볼 수 있는, 제법 귀부인다운 분위기를 풍겼다.

헤스터 프린이 감옥에서 나온 이 순간만큼 그녀가 귀부인답게 보인 적은 없었다. 그녀를 잘 아는 사람들은 으레 그녀가 침울한 불행의 빛을 띠고 있으리라고 짐작했다. 그런데 오히려 그녀만의 아름다움이 활짝 피어나고 불행이나 치욕이 후광(後光)으로 변한 것을 보자 놀라지 않을 수 없었다. 그러나 예리한 눈을 가진 사람이 있었다면 어딘가 괴로움이 서려 있다는 것을 알아차렸을 것이다. 더욱이 그녀가 이날을 위해 감옥 안에서 손수 지어 입은, 터무니없을 정도로 화려한 옷은 그녀의 정신이 걷잡을 수 없는 자포자기 상태에 이르렀음을 말해 주는 듯했다.

하지만 정작 사람들의 시선을 끈 것은 따로 있었다. 그것 때문에 그녀와 친하게 지내던 사람들마저 마치 그녀를 처음 보는 듯 눈을 크게 떴다. 그것은 바로 주홍 글씨였다. 그녀의 가슴 위에 찬란하게 수놓인 'A' 말이다. 주홍 글씨! 그것은 헤스터를 평범한 인간관계에서 떼어내 그녀 혼자만의 세계에 가두어 놓은 것처럼 보였다.

이때 관리가 관장을 휘두르면서 외쳤다.

"길을 비키시오! 국왕의 이름으로 명하니, 어서 비켜나시오! 지금부터 오후 한 시까지, 남녀노소 누구나 잘 볼 수 있는 곳에 이 여자를 세워 놓을 것이오. 자, 헤스터, 나를 따라와라. 여기 모인 사람들에게 주홍 글씨를 실컷 보여 주는 거다!"

그러자 구경꾼들 사이로 길이 열렸다. 헤스터는 관리를 따라 발걸음을 옮기기 시작했다. 험상궂은 남자들과 매정한 아낙네들도 그녀를 에워싼 채 뒤따라갔다. 마을의 어린 학생들은 이 일 때문에 오전 수업만 한다는 사실에 마냥 신이 나서 헤스터의 행렬 앞으로 달려갔다. 그러고는 자꾸 뒤를 돌아보면서 그녀의 얼굴과 팔에 안긴 아기, 그리고 가슴에 붙은 주홍 글씨를 번갈아 쳐다보았다.

이윽고 헤스터는 광장의 서쪽 끄트머리에 있는 처형대에 다다랐다. 이 처형대는 보스턴에서 가장 오래된 교회의 처마 밑에 세워져 있어, 마치 교회에 딸린 건물처럼 보였다.

헤스터 프린이 받은 판결은 정해진 시간 동안 처형대 위에 서 있어야 한다는 것이었다. 자신의 역할을 잘 알고 있는 그녀는 나무 계단을 밟아 올라갔다. 그러고는 남자의 어깨 높이쯤 되는 곳에 서서 군중 앞에 모습을 온전히 드러냈다.

만약 여기 모인 사람들 가운데 가톨릭 신자가 있었다면, 이 아름다운 여자가 아기를 안고 있는 모습에서 성모 마리아를 떠올렸을 것이다. 예로부터 유명한 화가들이 앞 다투어 그렸던 그 모습을 말이다.

이 가엾은 죄인은 자신을 응시하는 수많은 시선에 중압감을 느끼며 여자로서 버틸 수 있는 온 힘을 다해 꿋꿋이 서 있었다. 그러나 그녀는 눈앞에 벌어진 광경이 순간적으로 사라지는 것 같은 착각에 빠져 들었다. 그것은 흐릿한 유령의 모습처럼 어른거리기도 했다. 그녀의 고향인 영국에서 있었던 온갖 사소한 일들이 떠오르면서, 그 뒤에 일어난 중요한 일들에 대한 기억과 한데 뒤섞여 버렸던 것이다.

이어 떠오른 장면은 유럽의 어느 도시였다. 이곳에서는 새로운 생활이 그녀를 기다리고 있었다. 바로 볼품없고 이상하게 생긴 어느 학자와 인연을 맺는 일이었다. 그 학자는 얼굴이 창백하고 눈빛이 어두웠으며, 한쪽 어깨가 치켜 올라가 있었다. 그런데 명색만 새로운 생활이었지, 실제로는 무너져 가는 담장에 긴 푸른 이끼처럼 케케묵은 것을 먹고 살아가는 생활과 다를 것이 없었다.

장면은 다시 바뀌어, 청교도들이 엄한 눈초리로 헤스터 자신을 쏘아보고 있는 지저분한 광장이 되살아났다. 그녀는 가슴에 주홍 글씨를 달고 품에는 아기를 안은 채 처형대 위에 서 있었던 것이다.

마침내 그녀는 사람들의 싸늘한 눈길에서 주의를 돌릴 수 있었다. 군중 속에 서 있는 남자가 눈에 들어왔기 때문이다.

거기에는 원주민 옷차림을 한 인디언이 서 있었다. 하지만 그 당시에는 인디언들이 영국의 식민지에 곧잘 드나들었기 때문에, 이런 상황에 한 사람쯤 나타났다고 해서 헤스터의 눈길을 끌 리는 없었다. 이 인디언의 곁에는 그와 함께 온 것으로 보이는 백인 남자가 문명인의 옷과 야만인의 옷이 뒤섞인 이상한 차림새로 서 있었다.

체구가 작달막한 이 남자는 얼굴에 주름이 잡혀 있었으나 아직 노인이라고는 볼 수 없었다. 그의 외모는 지적인 분위기를 풍겼다. 온갖 옷을 아무렇게나 걸쳐 괴상한 모습을 감추려 애쓰고 있었지만, 헤스터의 눈에는 한쪽 어깨가 다른 쪽 어깨보다 치켜 올라가 있는 것이 똑똑히 보였다. 그녀는 그의 야윈 얼굴과 약간 기형적인 모습을 알아본 순간, 아기를 다시금 품 안으로 세게 끌어안았다. 그 바람에 아기는 놀라 울음을 터뜨렸다.

사실 이 남자는 헤스터 프린의 눈에 띄기 얼마 전부터 그녀를 바라보고 있었다. 처음에는 그저 무심코 바라보는 듯했다. 그러다 그의 눈초리는 불현듯 무엇을 꿰뚫기라도 하듯 날카로워졌다. 마치 뱀 한 마리가 얼굴 위를 기어가다가 갑자기 멈추어 똬리를 튼 것 같은 인상이었다. 그는 격한 감정에 휩싸여 한순간 안색이 어두워졌으나 이내 평온을 되찾았다.

이 남자는 헤스터 프린의 시선이 자신에게 못 박혀 있는 것을 보고는 그녀가 자기를 알아보았다는 것을 눈치 챘다. 그러자 천천히 집게손가락을 들어 허공을 한 번 휘저은 다음 입술에 갖다 댔다.

그는 옆에 서 있는 구경꾼의 어깨에 손을 얹으며 정중하게 말을 건넸다.

"실례합니다만, 저 여인은 누구인가요? 그리고 도대체 무슨 까닭으로 저렇게 사람들 앞에 끌려 나와 치욕을 당하고 있는 겁니까?"

"선생은 이 지방 사람이 아닌 모양이군요."

마을 사람은 이상하다는 듯, 말을 걸어 온 남자와 인디언을 번갈아 바라보며 대답했다.

"이곳 사람이라면 헤스터 프린과 그녀의 부정한 행실에 관한 얘기를 벌써 들었을 텐데요. 저 여자가 신앙심 두터운 딤스데일 목사님의 교회에서 굉장히 추잡한 물의를 일으켰답니다."

그러자 남자가 말했다.

"아, 그렇군요. 나는 이 지방의 사정을 전혀 모르는 사람입니다. 그동안 예기치 않게 바다와 육지를 떠돌며 온갖 불행한 일들을 겪어 왔지요. 남쪽 인디언들한테 오랫동안 붙잡혀 있다가 겨우 몸값을 치르고는 이 인디언을 따라 여기까지 흘러들어 온 겁니다. 그런데, 이름이 헤스터 프린이라고 했던가요? 저 여자가 무슨 죄를 지었는지, 왜 저렇게 처형대에까지 오르게 되었는지 좀 더 자세히 얘기해 주시겠습니까?"

"그러지요. 선생은 그토록 고생을 하다가 이제 이 나라로 오셨으니 얼마나 기쁘십니까? 이곳 거룩한 뉴잉글랜드에서는 부정한 짓을 저지르면 반드시 통치자들과 백성들이 보는 앞에서 처벌을 받게 되지요. 저 여자는 말입니다, 어느 학자의 부인이었답니다. 그 학자는 영국에서 태어나 네덜란드 암스테르담에서 오랫동안 살다가, 대서양을 건너 이곳으로 와서 둥지를 틀 예정이었다나 봐요. 그래서 부인을 먼저 떠나보내고 자신은 남아 필요한 뒷정리를 했다지요. 그런데 부인이 이곳에 자리를 잡고 산 지 두 해가 넘도록 남편한테서는 소식이 없었던 겁니다. 그러자 부인은 홀로 지내다 못해 그만 길을 잘못 들어……."

"아, 그렇게 된 거군요. 잘 알겠습니다."

그 남자가 쓰디쓴 미소를 지으며 대답했다. 그러고는 의아하다는 듯한 표정으로 말했다.

"형씨가 말하는 그 학자 말입니다, 그런 일이 생길 수 있다는 말을 책에서는 보지 못했던 모양이네요. 그건 그렇고, 프린 부인이 안고 있는 저 아기의 아버지는 대체 누구랍니까? 태어난 지 기껏해야 서너 달밖에 안 돼 보이는데 말입니다."

"사실 그게 수수께끼란 말씀이죠. 그 수수께끼를 풀어 줄 명재판관이 아직도 나타나지 않았어요. 저 여자가 입을 굳게 다물고 있으니, 재판관들이 아무리 머리를 맞대고 회의를 해도 소용이 없지요. 모르긴 몰라도 그 죄를 지은 사내는 하나님이 보고 계시다는 사실도 잊은 채 지금 이 슬픈 광경을 남몰래 지켜보고 있을 겁니다."

"그럼 마땅히 그 학자란 자가 직접 나타나서 진실을 밝혀야겠군요."

낯선 남자가 또다시 미소를 지으며 말했다.

"아직 살아 있다면 당연히 그래야겠지요."

마을 사람이 맞장구를 치고는 덧붙여 말했다.

"하지만 재판관들은 저 여자가 젊고 아름다운 만큼 강한 유혹을 뿌리치지 못해 타락했을 거라고 여겼고, 그녀의 남편은 이미 바다에 빠져 죽었을 거라고 생각했어요. 그래서 공정한 법이 정한 형벌을 내리지 못한 겁니다. 공정한 법대로 한다면 사형에 처해야 마땅하지요. 그런데 너그러운 재판관 나리들은 프린 부인에게 고작 세 시간 동안 처형대 위에 서 있을 것과, 평생 동안 가슴에 치욕의 징표를 달고 지낼 것을 명령했을 뿐이랍니다."

남자가 무거운 표정으로 고개를 끄덕이며 대답했다.

"나름대로 현명한 판결이군요. 이제 저 여자는 치욕의 글씨가 자신의 묘비에 새겨지기 전까지 살아 있는 설교로서 죄를 훈계하게 될 테니까요. 그런데 그 죄를 나눈 상대가 지금 그녀와 나란히 처형대 위에 서지 못하다니 참으로 유감이네요. 하지만 그 사내도 머지않아 알려지겠지요. 정체가 반드시 드러나고야 말 겁니다. 암, 드러나고말고요!"

낯선 남자는 말을 마치자마자 마을 사람에게 정중히 고개를 숙여 인사했다. 그러고는 동행인 인디언을 향해 뭐라고 수군거리며 군중 사이를 빠져나갔다.

이런 일이 일어나는 동안에도 헤스터 프린은 처형대 위에 서서 이 남자를 뚫어지게 바라보고 있었다. 그에게 정신을 빼앗긴 나머지, 등 뒤에서 자신을 부르는 소리조차 듣지 못했다. 그러자 마침내 그 목소리의 주인공은 군중 전체에 들릴 만큼 크고 준엄하게 그녀의 이름을 불렀다.

"헤스터 프린, 내 말을 듣게!"

헤스터 프린이 서 있는 처형대 바로 위쪽 교회 건물에는 일종의 발코니 혹은 관람석 같은 것이 붙어 있었다. 그곳에는 벨링엄 장관을 비롯한 지체 높은 사람들이 의자에 앉아 그녀를 지켜보고 있었다. 장관 바로 뒤에는 창을 든 근위병 네 명이 둘러서 있었다.

벨링엄 장관은 검은 깃털이 달린 모자를 쓰고 아랫단에 수가 놓인 외투를 걸치고 있었으며, 외투 속에 검은 벨벳 옷을 입고 있었다. 그는 나이가 지긋한 신사로, 얼굴에 깊이 새겨진 주름살이 지난날 갖은 고초를 겪었다는 사실을 말해 주고 있었다. 그는 이 공동 사회의 지도자로서 부족한 것이 없었다. 그의 곁에 앉아 있는 사람들의 모습에도 위엄이 깃들어 있었다.

헤스터를 불러 주의를 끈 목소리의 주인공은 존 윌슨 목사였다. 그는 보스턴에서 가장 나이가 많은 목사였으며, 이 무렵 대부분의 성직자들이 그러했듯 훌륭한 학자였다. 또한 성품이 친절하고 다정했다.

윌슨 목사가 헤스터에게 말을 건넸다.

"헤스터 프린, 자네는 여기 있는 젊은 형제의 설교를 이미 여러 차례 들었겠지. 나는 자네의 문제를 놓고 이 사람과 토론을 벌였다네."

그러면서 목사는 자신의 곁에 서 있는 젊은이의 어깨에 한 손을 얹었다.

"나는 이 형제에게, 그대가 지은 추악한 죄를 다스려 달라고 부탁했다네. 하나님이 굽어보고 계신 이 자리에서, 또한 현명하고 공정한 통치자들과 백성들 앞에서 말일세. 이 사람이 자네의 성품을 잘 알고 있는 만큼 자네의 완고한 고집을 꺾는 데 어떤 방법을 써야 할지도 잘 알 거라 믿었기 때문이지. 말하자면 부드럽게 타일러야 할지, 아니면 무섭게 다그쳐야 할지 등에 대해 더 잘 판단할 수 있을 테니까. 그래서 자네를 무서운 타락의 구렁으로 꾀어낸 사내의 이름을 털어놓게 하자는 것이었네.

그런데 이 사람은 내 의견에 반대를 하는군. 이런 대낮에 수많은 사람들이 지켜보는 앞에서 비밀을 밝히라고 강요하는 건 여성의 본성을 모독하는 일이라면서 말이야. 그러나 죄를 짓는 것이 부끄러운 일이지, 죄를 고백하는 것은 부끄러운 일이 아니네. 자, 다시 한 번 묻겠소. 딤스데일 형제, 이 가엾은 죄인의 영혼을 내가 다스려야 하겠소, 아니면 그대가 다스려야 하겠소?"

그러자 발코니에 점잖게 앉아 있던 사람들이 수군거리기 시작했다. 벨링엄 장관은 젊은 목사에게 부드러우면서도 권위가 담긴 목소리로 그들의 대화 내용을 전했다.

그가 말했다.

"딤스데일 목사, 이 여인의 영혼에 대한 책임은 당신에게 있소. 그러므로 그녀를 타일러 회개하게 하고, 그 증거와 결과로 죄를 고백하도록 하는 것은 당신이 마땅히 할 일이외다."

그의 단도직입적인 말에 군중의 시선은 곧바로 딤스데일 목사에게 쏠렸다.

아서 딤스데일 목사는 영국의 명문 대학 출신으로, 그 당시 여러 학문 분야를 섭렵한 뒤 이 고장에 자리 잡은 사람이었다. 그의 유창한 말솜씨와 열정적인 신앙심은 두각을 나타내어, 그에게는 성직자로서의 밝은 앞날이 보장되어 있었다.

그는 외모에서도 뚜렷한 특징을 나타냈다. 희고 높은 이마는 깎아 세운 듯 반듯했고, 큼직한 갈색 눈은 우울해 보였다. 입술은 굳게 다물고 있지 않으면 늘 떨리는 듯해서, 예민하면서도 자제력 강한 성품을 드러내고 있었다.

　그러나 어딘지 모르게 불안하고 겁먹은 것처럼 보이기도 했다. 혼자 조용히 있을 때에만 마음을 놓을 것 같은 표정이랄까? 그는 직책이 허락하는 한 틈틈이 그늘진 숲길을 산책했는데, 그곳에서는 항상 해맑은 어린아이처럼 행동했다. 그러다 사람들 앞에 서면 고결한 사상과 천사 같은 목소리로 사람들에게 깊은 감동을 주는 것이었다.

　딤스데일 목사는 마치 기도를 올리듯 잠시 고개를 숙이고는 앞으로 걸어 나왔다. 그는 발코니 난간 위로 허리를 굽히고 헤스터의 눈을 지그시 내려다보면서 말을 시작했다.

　"헤스터 프린, 그대는 이분의 말씀을 들었으니 내가 진 책임이 무엇인지 알 것이오. 그대가 마음의 평화를 위하여 필요하다고 느낀다면, 그리고 이 세상에서 받은 형벌이 구원을 얻는 데 도움이 된다고 믿는다면, 부디 그대와 함께 죄를 저지르고 함께 고통받고 있는 사나이의 이름을 밝히시오. 그자에 대한 그릇된 동정심 때문에 침묵을 지켜서는 안 됩니다.

　헤스터, 비록 그 사나이가 고귀한 자리에서 내려와 치욕의 처형대 위, 바로 그대 곁에 서게 될지라도 평생 동안 마음의 죄를 감추고 사는 것보다는 나을 것이오. 침묵을 고집한다고 해서 그에게 무슨 도움이 되겠소? 그것은 이미 저지른 죄에다 위선을 더할 뿐이오. 지금 그대의 입술에 내밀어져 있는 잔은 비록 입에는 쓰지만 영혼에는 이로운 것이오. 그러나 그대는 그것을 그

사나이에게 건네주지 않으려 하고 있소. 그자에게는 그 잔을 선뜻 받아들 용기조차 없을지 모르겠지만 말이오."

젊은 목사의 목소리는 떨리는 듯 달콤하면서도 우렁차게, 그리고 엄숙하게 띄엄띄엄 끊어져 나왔다. 그 말이 전하는 뜻보다는 거기서 풍겨 나오는 목사의 감정이 곧바로 군중의 심금을 울렸다. 그의 말을 듣던 모든 이들의 가슴속에서는 같은 동정심이 샘솟았다. 헤스터의 품에 안긴 아기마저도 감동을 받은 듯 보였다. 아기는 흐릿했던 눈망울을 딤스데일 목사 쪽으로 돌리고는 무어라 옹알거리며 조그만 두 팔을 내뻗었다.

목사의 호소는 너무나 간절했다. 그래서 사람들은 헤스터 프린이 죄 지은 자의 이름을 밝히거나, 아니면 그 사나이 자신이 견딜 수 없는 힘에 이끌려 스스로 처형대 위에 올라설 수밖에 없을 것이라고 생각했다.

그러나 헤스터는 고개를 내저었다.

"헤스터 프린, 하나님이 베푸시는 자비에도 한계라는 게 있는 법일세!"

윌슨 목사가 한층 거친 목소리로 외쳤다.

"그 어린아이까지도 방금 들은 충고의 말이 옳다며 소리를 냈거늘, 자네는 어찌하여 이름을 대지 않는가? 그자의 이름을 밝히고 회개를 하게. 그러면 우리는 자네의 가슴에서 그 주홍 글씨를 떼어 줄 수도 있네."

"천만의 말씀입니다."

헤스터 프린은 윌슨 목사가 아닌 딤스데일 목사의 수심 어린 눈을 쳐다보며 대답했다.

"이 글씨는 너무나 깊이 새겨져 있어 떼어 버릴 수가 없습니다. 저는 제 자신의 괴로움은 물론이고 그분의 괴로움까지도 짊어지고 싶습니다."

"어서 말해라, 헤스터!"

처형대를 에워싼 사람들 사이에서 누군가가 분노에 찬 목소리로 소리쳤다.

"어서 이름을 대서 자식에게 아비를 찾아 주도록 해라!"

"절대로 말하지 않겠어요!"

헤스터는 죽은 사람처럼 얼굴이 창백하게 변하더니, 자신의 귀에 몹시 익숙한 그 목소리에 대답했다.

"이 아이에게는 하늘에 계시는 아버지를 찾게 해 주겠어요. 지상의 아버지는 알려 주지 않겠다고요!"

"정말로 말하지 않을 셈이군."

딤스데일 목사가 발코니 난간 위로 몸을 굽힌 채 가슴에 손을 얹고 있다가 중얼거렸다. 그는 한숨을 길게 내쉬면서 뒤로 물러났다.

"참으로 마음이 굳세고 너그러운 여자로군. 그 이름을 끝까지 밝히지 않다니……."

마침내 늙은 목사는 그녀의 고집을 도저히 꺾을 수 없다는 사
실을 깨달았다. 그러고는 이날을 위해 미리 준비해 두었던 죄악
에 관한 설교를 군중에게 들려주기 시작했다. 그는 갖가지 죄에
대해 설명하면서 몇 번이고 반복해서 주홍 글씨를 언급했다.

헤스터의 시련이 막바지에 이르자, 갓난아이가 하늘을 찌를
듯 날카로운 목소리로 울부짖었다. 그녀는 곧바로 아기를 달랬
으나, 아기의 괴로움을 진심으로 가엾어 하는 것 같지는 않았다.

헤스터는 전과 다름없이 도도한 자세로 다시 감옥으로 끌려
갔다. 그녀는 무쇠 못이 촘촘히 박힌 문 안으로 들어가 마침내
군중의 시야에서 사라지고 말았다.

제 3 장

재회

감옥으로 돌아온 헤스터 프린은 신경이 극도로 흥분되어 있었다. 그녀를 지키는 간수는 단 한 순간도 감시의 눈길을 늦출 수 없었다. 그녀가 스스로 목숨을 끊거나 반미치광이가 되어 갓난아이에게 해라도 입히지는 않을까 우려했기 때문이었다. 밤이 되어서는 꾸짖기도 하고 벌을 주겠다고 위협도 해 보았지만, 그녀의 반항은 좀처럼 누그러들지 않았다. 결국 간수는 의사를 부르기로 했다.

잠시 후 한 남자가 간수의 뒤를 따라 어두컴컴한 감방에 모습을 드러냈다. 그의 이름은 로저 칠링워스라고 했다.

그가 들어서자, 감방 안은 갑자기 쥐 죽은 듯 조용해졌다. 아기는 계속해서 보채는 소리를 냈지만 헤스터는 이내 잠잠해졌다. 간수는 어리둥절한 표정으로 잠시 그 자리에 서 있었다.

의사의 자격으로 온 남자가 입을 열었다.

"간수 양반, 이 방에 환자와 나만 있도록 해 줄 수 있겠소? 잠깐이면 돼요. 감방 안은 곧 조용해질 테니 걱정 마시오. 내가 장담하건대, 이 여자는 이제부터 순순히 명령을 따를 겁니다."

"글쎄, 그렇게 할 수만 있다면……, 선생은 세상에 둘도 없는 명의(名醫)라고 해야겠지요. 정말이지 이 여자는 꼭 귀신에 홀린 사람 같았다니까요. 채찍으로 마귀를 몰아내는 일이라면 나도 해 봤습니다만……."

간수가 대답했다.

이윽고 간수가 물러가자 남자는 헤스터와 마주 앉았다. 이 남자는 헤스터가 처형대 위에서 넋이 나간 듯 바라보았던 바로 그 사나이였다. 그 사실로 미루어 보아, 두 사람은 심상치 않은 관계임에 틀림없었다.

그는 먼저 갓난아이를 조심스레 진찰한 뒤 겉옷 안에서 가죽 가방을 꺼내어 열었다. 그러고는 거기에 든 약들 가운데 하나를 꺼내 물이 가득 든 컵에 넣고 저었다.

그가 말문을 열었다.

"나는 옛날에 연금술을 배웠고, 약초의 효능에 정통한 사람들과 어울려 일 년 이상 지낸 적도 있지. 덕분에 난 의학박사라 일컬어지는 사람들보다도 훨씬 나은 의사가 되었소. 자, 이걸 받으시오. 이 아이는 당신의 아이이지 내 아이가 아니오. 내 목소리를 들어도, 그리고 내 얼굴을 보아도 제 아비라고 여기지 않을거요. 그러니 이 약을 당신의 손으로 먹이란 말이오.”

헤스터는 자기 눈앞에다 내미는 약을 물리치면서 몹시 불안한 눈초리로 그의 얼굴을 쏘아보았다.

“당신은 애꿎은 아기에게 앙갚음을 할 셈인가요?”

그녀가 가시 돋친 목소리로 낮게 속삭였다.

“어리석은 여자 같으니라고! 내가 무엇 때문에 잘못 태어난 불쌍한 자식을 해친단 말이오? 이것은 좋은 약이오. 만약 이 아이가 내 자식이라 하더라도 이보다 더 좋은 약을 줄 수는 없을거요.”

의사는 냉정하게, 그러면서도 달래는 듯한 말투로 대꾸했다.

결국 의사는 두 팔에 갓난아이를 안고 직접 약을 먹였다. 약은 그의 말을 증명이라도 하듯 금세 효험을 나타냈다. 어린 환자의 신음 소리는 가라앉았다. 괴로워서 이리저리 뒤척이던 몸짓도 차츰 멎었다. 잠시 후, 고통이 멎은 아기들이 으레 그러듯 아기는 침대 위에서 깊이 잠들었다.

확실히 신통한 의사라고 할 만한 그 남자는 곧이어 아기의 엄마를 진찰했다. 아주 면밀하게 그녀의 맥을 짚고 눈을 들여다보더니 이내 약을 조제하기 시작했다.

그가 말했다.

"나는 황야에서 새로운 비법을 많이 배웠소. 이 약이 바로 그 중 하나인데, 내가 의술을 좀 가르쳐 준 대가로 인디언들이 처방을 일러 준 것이오. 어서 마셔 보시오. 괴로운 마음을 달래는 가장 좋은 약은 티 없는 양심일 테지만, 내가 그런 양심을 당신에게 줄 도리는 없지 않소? 그러나 이 약은 격렬하게 끓어오르는 감정을 가라앉혀 줄 거요."

남자가 약이 든 컵을 내밀자 헤스터는 무거운 표정으로 그의 얼굴을 바라보며 컵을 받아들었다. 그 표정에는 '도대체 이 남자의 속셈이 뭘까.' 하는 의심이 가득 담겨 있었다.

그녀가 말했다.

"나는 죽어 버릴까 하는 생각도 했어요. 하지만 이 컵에 죽음이 들어 있다면, 내가 들이키기 전에 다시 한 번 생각해 보세요. 자, 보세요! 컵이 입술에 닿았어요."

"그렇다면 어서 마셔요."

그는 변함없이 냉정하고 침착하게 대답했다.

"헤스터 프린, 나를 그렇게도 모른단 말이오? 내가 그처럼 생각이 좁아 보이오? 설령 복수의 흉계를 꾸미고 있다고 해도, 내 목적을 이루려면 당신을 살려 두는 게 더 낫지 않겠소? 우선 생명을 해치거나 위태롭게 하지 않도록 당신에게 약을 주고, 그 다음 당신의 가슴에서 치욕의 징표가 언제까지나 타오르게 해야 하니까 말이오."

그러면서 그는 기다란 집게손가락으로 주홍 글씨를 건드렸다. 그것은 마치 불에 달군 쇠꼬챙이처럼 헤스터의 가슴을 지글지글 태우는 듯했다. 그녀가 무심결에 움찔하는 것을 보자, 그의 입가에는 미소가 떠올랐다.

"그러니까 당신은 반드시 살아남아야 하오. 사람들이 보는 앞에서, 일찍이 당신이 남편이라고 부르던 사내의 눈앞에서, 그리고 저 갓난아이가 보는 앞에서도 살아남으시오. 그리고 당신의 운명을 짊어지고 다니란 말이오! 자, 살고 싶다면 어서 이 약을 마셔요."

헤스터 프린은 더 이상 망설이지 않고 컵을 비웠다. 그러고는 의사가 손짓하는 대로 아기가 잠들어 있는 침대 위에 걸터앉았다. 그 남자도 감방 안에 하나밖에 없는 의자를 끌어당겨 그녀 곁에 앉았다. 그의 이런 행동을 보고 헤스터는 전율을 느끼지 않을 수 없었다.

이윽고 나직하고도 차가운 목소리가 감방 안의 공기를 긴장시켰다.

"헤스터, 난 당신이 어떻게 죄의 구렁텅이에 떨어지게 되었는지에 대해서는 묻지 않겠소. 처형대 위로 어떻게 올라서게 되었는지에 대해서도 묻지 않겠소. 그 이유는 굳이 멀리서 찾을 필요가 없으니까. 내가 어리석고 당신이 나약했기 때문이오. 나는 사색적인 인간이었고 도서관의 책벌레에 지나지 않았소. 지식욕을 채우기 위해 좋은 세월을 다 허비해 버린 시든 인간…….
그런 인간이 당신처럼 젊고 아름다운 여자와 무슨 부부의 인연이 있었겠소. 불구로 태어난 주제에, 지적인 능력만 있으면 육체적 결함쯤은 감출 수 있다고 생각한 게 얼마나 부질없는 망상이었는지! 세상 사람들은 나더러 현명하다고 했소. 하지만 현명한 사람이 자신의 일에도 현명하다면 진작에 이런 일을 예견할 수 있었으련만…….”

헤스터가 말했다.

“당신도 아시다시피 난 당신한테 솔직했어요. 나는 당신에게 단 한 번도 사랑을 느낀 적이 없었고, 사랑하는 척한 적도 없었어요.”

그가 대꾸했다.

“맞는 말이오. 모두 내가 어리석었던 탓이오. 그건 내가 이미 말했잖소. 하지만 그 무렵까지 난 인생을 헛되이 살고 있었소. 세상은 참으로 재미가 없었소. 내 가슴은 커다란 집과 같아서 많은 손님들을 맞아들일 수도 있었지만, 늘 허전하고 싸늘했으며 따뜻한 난롯불 하나 없었소. 하지만 나는 거기에다 불을 지피고 싶었소.”

“난 당신에게 몹쓸 짓을 했어요.”

“그건 서로가 마찬가지요. 잘못을 먼저 저지른 쪽은 나요. 꽃

봉오리 같은 당신을 꾀어, 이미 시들어 버린 나와 위선적이고 부자연스런 인연을 맺게 했으니……. 그래서 나는 당신에게 복수를 하지도, 무슨 흉측한 짓을 꾸미지도 않을 거요. 당신과 나의 잘못은 저울에 달면 기울 데가 없을 테니까. 하지만 헤스터, 우리 두 사람에게 못할 짓을 한 사내는 아직 살아 있겠지. 도대체 그자가 누구요?"

"그건 묻지 마세요."

헤스터는 그의 얼굴을 똑바로 쳐다보며 대답했다.

"그것만은 절대로 말할 수 없어요."

"절대로 말하지 않겠다……?"

그는 자신만만하면서도 교활한 미소를 띤 채 되물었다.

"가르쳐 주지 않겠다는 말이지? 헤스터, 전심전력을 다하여 비밀을 밝히려는 사람 앞에서 숨길 수 있는 것이란 별로 없는 법이오. 당신은 비밀을 들추어내기 좋아하는 사람들에게는 그것을 끝까지 숨길 수 있을 것이오. 나는 책에서 진리를 찾듯이, 그리고 연금술로 금을 얻듯이 그 사내를 꼭 찾아내고야 말겠소. 조만간 그자는 반드시 내 손아귀에 들어오고야 말 거요! 다만 한 가지, 내 아내였던 당신에게 일러둘 것이 있소."

그는 말을 이어 갔다.

"당신은 정부(情夫)의 비밀을 지금껏 지켜 왔소. 그러니 마찬가지로 내 비밀도 지켜 주시오. 이 지방에서는 아무도 나를 모르오. 누구한테도 당신이 일찍이 나를 남편이라고 불렀다는 사실을 밝히지 말기를 바라오. 부디 나를 배반하지 마시오.”

“어째서 그런 걸 원하나요? 무엇 때문에 당신은 사람들 앞에 당장 신분을 밝히고 나를 내치지 않나요?”

헤스터는 이 은밀한 관계를 생각하고는 자신도 모르게 몸을 떨며 물었다.

“어쩌면 부정한 계집의 남편에게 닥칠 굴욕을 당하기 싫어서겠지. 또 다른 사정이 있을지도 모르지만……. 어쨌거나 내 소원은 그저 남모르게 살다가 죽는 것이오. 누구보다도 당신의 정부에겐 절대로 비밀을 밝혀서는 안 되오! 분명히 말해 두겠소. 만약 그것을 어기는 날에는 무사하지 못할 것이오. 그자의 명예나 지위, 목숨은 모두 내 손에 달려 있소. 그 점을 명심하시오.”

“그분과의 비밀을 지키듯 당신과의 비밀도 지키겠어요.”

“그럼 맹세하시오.”

그가 말하자, 그녀는 굳게 맹세를 했다.

제 4 장

바느질하는 여인

마침내 헤스터 프린의 감옥살이 기한이 끝났다. 감옥 문이 활짝 열리자, 헤스터는 햇빛 속으로 걸어 나왔다. 햇빛은 땅 위에 있는 어느 것 하나도 가리지 않고 골고루 비쳐 주고 있었다. 하지만 그녀의 병들고 아픈 마음에는 햇빛이 오직 가슴에 달린 주홍 글씨를 환히 밝히려고 내리쬐는 것처럼 느껴졌다. 그녀는 처음으로 간수 없이 홀로 감옥 문을 걸어 나온 지금이 그 어느 때보다 뼈저리게 괴로운지도 모른다.

혼자가 된 이 순간, 헤스터의 일상은 비로소 시작되었다. 그녀는 이제 타고난 힘으로 삶의 무게를 감당해 나가든가, 아니면 그 밑에 깔려 쓰러지든가 둘 중 하나를 택할 수밖에 없었다. 현재의 슬픔을 이기려고 미래로부터 힘을 빌려 올 수도 없었다. 내일이 되면 또 내일의 시련이 그녀에게 닥쳐올 것이다.

곶의 변두리에 조그만 오두막집 한 채가 있었다. 이 집은 식민지 개척 초기에 지어진 것이었다. 그런데 주변의 땅이 워낙 척박해 농사를 짓기 어려워 결국 버려졌다. 마을과 멀리 떨어져 있어 사람들의 발길도 닿지 않았다. 바닷가에 자리 잡은 이 오두막집은 앙상한 나무들이 자란 언덕을 바라보고 서 있었다.

헤스터는 여전히 자신에 대한 감시를 늦추지 않는 치안 판사들에게서 허가를 얻어, 아기를 데리고 이 집에 보금자리를 꾸몄다. 헤스터의 신세는 찾아오는 친구 하나 없이 외로웠다.

하지만 그리 궁색하지는 않았다. 일찍이 한 가지 재주를 타고난 덕분에, 한창 자라나는 아이와 자신의 끼니 정도는 충분히 마련할 수 있었기 때문이다. 그 재주란 예나 지금이나 여자가 가질 수 있는 거의 유일한 기술인 바느질이었다. 그녀의 가슴에 묘하게 수놓인 주홍 글씨가 바로 섬세하고도 상상력 넘치는 솜씨의 본보기였던 셈이다.

사실 이 고장에서는 대부분의 사람들이 청교도 풍의 단조로운 검은색 옷을 입었지만 간혹 그녀의 화려한 솜씨를 필요로 하는 일도 있었다. 특히 목사나 관료들의 취임식과 같이 새 정부가 국민들을 상대로 여는 여러 행사가 그러했다. 이런 공식 행사들은 정책적으로 웅장하고 화려하게 꾸미도록 되어 있었다.

높다란 깃이며 공들여 만든 띠, 화려하게 수놓은 장갑 등등이 모두 권세 높은 관료들에게는 필요한 모양이었다. 사치 금지법이 있긴 했지만 지위가 높거나 돈이 많은 사람들에게는 문제가 되지 않았다.

장례식을 위해서도 시신에 입힐 수의나 유가족들의 슬픔을 나타내는 문양이 새겨진 형겊 등을 마련하려고 헤스터의 손길을 찾는 주문이 종종 들어왔다. 또한 당시에는 아기들에게도 의식용 예복을 입혔기 때문에 그녀는 아기 옷을 만드는 일로도 수입을 얻을 수 있었다. 이렇게 하여 헤스터가 만든 수예품은 요즘 흔히 말하는 유행이 되어 갔다.

그녀가 솜씨를 발휘한 흔적은 장관의 옷깃에도 나타나 있었고 목사의 허리띠에도, 옷소매에도, 아기의 작은 모자에도 나타나 있었다. 심지어 죽은 사람의 관에도 들어가 곰팡이가 피고 썩어 갔다. 단지 하나, 결혼식에서 신부가 쓸 새하얀 면사포를 위해 그녀의 솜씨를 필요로 한 적은 한 번도 없었다. 이것은 사회가 언제나 그녀의 죄를 매섭게 지켜보고 있다는 것을 뜻했다.

헤스터는 자신을 위해서는 가장 검소한 생활 이상의 것을 추구하지 않았고, 아이를 위해서도 그저 아쉽지 않을 정도의 생활 이상의 것을 바라지 않았다. 그녀의 옷은 가장 투박한 천에 가장 어두운 빛깔을 띠고 있었다. 장식품이라고는 숙명처럼 항상 달고 다녀야 하는 주홍 글씨뿐이었다. 반면에 아이의 옷은 환상적이라고 할 만큼 화려하게 만들어 입혔다.

헤스터는 아이를 곱게 차려입히는 데 쓰는 얼마 되지 않는 돈을 제외하고는 어려운 사람들을 돕는 데 전부 내놓았다. 사실 자신보다 그리 어려울 것도 없는 사람들이었는데도 말이다. 그러나 그들은 도리어 그녀의 손길을 모욕하기 일쑤였다. 헤스터는 자신의 바느질 솜씨를 조금이나마 뜻있게 쓰려고 시간을 내어 가난한 사람들에게 간소한 옷가지를 만들어 주었다. 그녀에게는 아마도 바느질이 삶에 대한 열정을 표현하는 유일한 길이자 그 열정을 달래는 길이었을 것이다.

헤스터는 겉으로만 인연을 맺고 있는 좁은 세계를 외로운 발걸음으로 오갔다. 그러면서 때때로 주홍 글씨가 자신에게 새로운 감각을 주었다고 느꼈다. 낯선 사람들이 호기심 어린 눈길로 주홍 글씨를 쳐다보면 새로운 낙인이 찍히는 듯했다. 교양 있는 부인들이 자못 찌푸린 표정으로 바라볼 때면 기이하게도 그 속에 자신과의 동류의식이 깃들어 있는 것을 느꼈다.

말하자면 그녀는 주홍 글씨 때문에 다른 사람의 가슴속에 숨어 있는 죄까지 알게 된 것이다. 과연 이것은 무엇을 뜻하는 것이었을까? 그것은 천사 혹은 악마의 속삭임은 아니었을까? 다시 말해 이 세상 어디에서든 진실을 밝혀야 한다면, 주홍 글씨를 헤스터 프린의 가슴에만 붙일 것이 아니라 다른 많은 사람들의 가슴에도 붙여야 한다고 말하는 것이 아니었을지……

제 5 장

신기한 아이, 펄

헤스터의 아기는 날이 갈수록 눈부시게 예뻐졌다. 그 조그마한 얼굴에 슬기로운 빛이 더해 가는 것을 볼 때마다 슬픈 어미는 그저 신기하기만 하였다. 헤스터는 이 아이를, 진주를 뜻하는 '펄(Pearl)'이라고 불렀다. 즉 자신의 모든 것을 바친 대가로 얻은 귀중한 것으로서, 자신에게 하나밖에 없는 보물이라는 뜻에서 지은 이름이었다.

참으로 기이한 일이었다. 사람들은 주홍 글씨로 그녀의 죄를 나타냈지만, 신은 인간이 저지른 죄의 직접적인 결과로 그녀에게 이처럼 귀여운 아기를 주셨으니 말이다.

그러나 헤스터는 자신이 저지른 잘못을 잘 알고 있었기에 그 결과가 좋으리라고 기대할 수가 없었다. 그녀는 자라나는 아이를 살펴보면서, 혹시나 그 애에게 자신의 죄를 닮은 어둡고 거친 면이 숨어 있지는 않을까 하고 날마다 마음을 졸였다.

육체적으로는 확실히 아무런 결점도 없었다. 완전한 몸매며 활달한 기운, 팔다리를 자연스럽게 놀리는 모습으로 보아 이 아이는 에덴 동산에 태어나도 모자랄 것이 없었다. 게다가 우아함까지 타고나, 아무리 소박한 옷을 입고 있어도 예쁘기만 했다. 그러나 펄은 결코 촌스러운 옷을 입지는 않았다. 헤스터는 구할 수 있는 한 가장 좋은 옷감을 사서, 상상력을 한껏 발휘해 옷을 지어 입혔다. 그래서 펄이 옷을 차려입고 나서면 작은 몸집이 얼마나 맵시가 나는지 몰랐다. 펄의 타고난 아름다움은 화려한 옷차림에도 묻히지 않았다. 펄이 어두컴컴한 오두막집의 마룻바닥에 앉아 있으면 후광이 비치는 것처럼 보였다.

펄의 성격은 다양하면서도 깊이가 있었다. 그러나 이 아이는 자기가 태어난 세상과 어우러지지 못했다. 펄은 규칙을 따르게 하기 어려운 아이였다. 그 성격은 엄마인 헤스터조차도 무어라 정확히 설명할 수 없었다. 다만 펄을 뱃속에 가졌을 무렵 헤스터가 겪었던 정신적 갈등이 아이에게 옮아갔다는 사실만은 알 수 있었다. 자신 안에 도사린 거칠고 변덕스러우며 반항적인 기질과, 먹구름과도 같은 우울과 절망의 분위기까지도 아이에게서 발견할 수 있었던 것이다. 그것들이 지금은 아이의 밝은 성격에 섞여 빛나는 듯 보이지만, 나중에는 어떤 회오리바람을 몰고 올지 모르는 일이었다.

헤스터는 자신이 빚은 실수와 불행을 떠올리면서, 자기가 낳은 아이만큼은 엄격하면서도 자상하게 키우려고 애썼다. 그러나 그것은 쉽지 않았다. 미소를 지어 보고 찌푸려 보기도 했지만 별로 효과가 없었다. 그래서 헤스터는 하는 수 없이 물러서서 아이가 마음 내키는 대로 하도록 내버려두곤 했다.

펄이 갓난아이였을 때부터 헤스터는 아이가 종종 이상한 표정을 짓는 것을 보았다. 그 표정만 지으면 아무리 엄포를 놓거나 타일러도 소용이 없었다. 그 표정은 아주 총명해 보이면서도 때로는 고집 세고 심술궂어 보였지만, 대체로는 발랄하고 쾌활해서 종잡을 수가 없었다. 그 모습을 볼 때마다 헤스터는 과연 이 아이가 인간의 자식이 맞는지 의심하지 않을 수 없었다.

펄은 어디서 오는지도, 어디로 가는지도 모르는 희미한 빛처럼 나타났다가 사라지곤 했다. 그러면 헤스터는 도망치려는 이 작은 요정에게 달려가, 기어코 가슴에 끌어안고는 미친 듯이 입을 맞추어 댔다. 그것은 사랑이 넘쳐흘러서라기보다는 펄이 정말로 요정이 아니라 피와 살을 갖춘 사람이라는 것을 확인하고 싶어서였다. 엄마에게 붙잡힌 펄은 기쁨에 겨워 까르르 하고 웃음을 터뜨렸지만 엄마는 한층 깊은 의문에 휩싸일 따름이었다.

헤스터는 너무도 값비싼 대가를 치렀을뿐더러 온 세상과도 바꿀 수 없는 펄이 이렇듯 당혹스럽고 이해할 수 없는 행동을 자주 하는 것에 몹시 괴로워하였다. 참다못해 왈칵 눈물을 쏟는 일도 잦았다. 그럴 때면 펄은 으레 이맛살을 찌푸리고 작은 손을 불끈 쥐면서, 조그만 얼굴에 매정하면서도 불만에 찬 표정을 떠올리곤 했다. 그러고 나서는 마치 인간의 슬픔은 느낄 수도 없고 알지도 못한다는 듯, 전보다 한층 높은 소리로 웃어 젖히기 일쑤였다.

헤스터가 진심으로 마음 편하게 느끼는 순간은 펄이 깊이 잠들어 있을 때뿐이었다. 아이가 잠들면 비로소 자신의 아이라는 확신이 들었다. 그래서 몇 시간 동안 쓸쓸하지만 아늑하고 달콤한 행복에 잠기는 것이었다. 펄이 눈을 살며시 뜨고 심술궂은 표정을 내비치며 깨어날 때까지는 말이다.

어느덧 펄은 엄마의 품에서 벗어나 사람들과 어울릴 수 있는 나이가 되었다. 새소리처럼 맑은 펄의 목소리가 왁자지껄 떠드는 아이들의 목소리와 뒤섞이는 것을 들었다면 헤스터는 얼마나 행복했을까? 그리고 장난꾸러기들의 재잘거림 속에서 펄의 목소리를 가려낼 기회가 있었다면……. 그러나 그것은 어림도 없는 일이었다. 펄은 태어날 때부터 아이들의 세계에서 버림받은 아이였다. 악의 씨앗이자 죄의 상징인 펄은 세례를 받은 아이들 사이에 낄 자격이 없었다.

사실 편협하기 짝이 없는 청교도의 자식들은 이 모녀가 어딘지 모르게 유별나고 차림새도 보통 사람과 다르다는 것을 어렴풋이 눈치 채고 있었다. 그래서 그들을 업신여겼으며 욕설을 퍼부어 대는 일도 종종 있었다. 펄은 그 낌새를 알아차리고는 어린애의 가슴에 품을 수 있는 가장 격렬한 증오로 대응하였다.

펄이 태어나서 처음으로 알아본 것은 헤스터의 가슴에 달린 주홍 글씨였다. 어느 날 헤스터가 요람 위로 허리를 굽혔을 때, 주홍 글씨를 둘러싼 금실이 반짝거리며 갓난아이의 시선을 잡았다. 아기는 조그마한 손을 불쑥 뻗어 주홍 글씨를 붙잡았다. 그러고는 철든 아이처럼 또렷한 눈빛으로 생긋 미소를 띠었다. 그 순간 헤스터는 깜짝 놀라 주홍 글씨를 움켜쥐고는 자기도 모르게 그것을 뜯어 버리려고 했다. 이때부터 그녀는 펄이 잠들어 있을 때 말고는 한 순간도 마음을 놓을 수가 없었다.

제 6 장

장관의 저택에서

어느 날 헤스터 프린은 장갑 한 켤레를 들고 벨링엄 장관의 저택을 찾아갔다. 이 장갑은 장관의 주문을 받아 그녀가 수를 놓고 테두리 장식을 한 것으로, 어느 성대한 공식 행사를 위해 만들어진 것이었다.

사실 헤스터에게는 장갑을 전해 주는 것보다 훨씬 더 중요한 다른 목적이 있었다. 힘있는 몇몇 사람들이 헤스터한테서 펄을 빼앗아 갈 계획을 세우고 있다는 소문이 들려왔던 것이다. 그들 가운데서도 벨링엄 장관이 가장 적극적으로 이런 계획을 추진하고 있다고 알려져 있었다.

헤스터는 몹시 근심 어린 마음으로 오두막집을 나섰다. 물론 펄도 함께였다. 이즈음 펄은 엄마를 따라 사뿐사뿐 뛰어다닐 만큼 자라 있었다. 펄은 아침부터 해 질 무렵까지 쉴 새 없이 몸을 움직였기에, 그보다 먼 길이라도 갈 수 있었다.

헤스터는 상상력을 한껏 발휘해 펄의 옷에 장식을 했다. 진홍빛 벨벳 옷에다 독특한 금빛 문양을 수놓았다. 만약 혈색이 좋지 않은 아이가 이 옷을 입었다면 강렬한 옷 빛깔 때문에 얼굴이 초췌하고 창백해 보였을 터였다. 하지만 펄의 미모에는 더할 나위 없이 잘 어울려, 아이는 마치 대지 위에서 춤추는 작은 불꽃 같아 보였다.

모녀는 이내 마을에 다다랐다. 그러자 모여 놀던 아이들이 그들을 쳐다보면서 진지한 표정으로 지껄여 댔다.

"얘들아, 저기 좀 봐라. 주홍 글씨를 단 여자가 지나간다. 그리고 주홍 글씨와 똑같은 게 그 옆을 따라가고 있어! 자, 우리 저것들한테 진흙이나 던져 줄까?"

이 말을 들은 펄은 얼굴을 잔뜩 찌푸리고 두 발을 동동 구르며 위협하는 시늉을 했다. 그러더니 아이들이 모인 곳으로 와락 뛰어들어 아이들을 모두 쫓아 버렸다.

이윽고 모녀는 벨링엄 장관의 저택에 도착했다. 그 집은 커다란 목조 가옥으로, 유서 깊은 마을이라면 지금도 남아 있을 전통적인 주택 양식이었다. 벽은 유리 가루가 듬뿍 섞인 일종의 장식 벽돌로 덮여 있었다. 그래서 건물 정면으로 햇빛이 비스듬히 내리비치면 벽은 마치 다이아몬드를 흩뿌린 듯 반짝거렸다.

헤스터는 대문에 매달린 쇠망치를 들어 문을 두드렸다. 그러자 장관의 하인이 문간에 나타났다. 헤스터는 하인에게 장관을 만나 뵈러 왔다고 말했다. 하인은 그녀의 당당한 태도와 가슴에 달린 화려한 문양을 보고는 그 지방의 귀부인이라 짐작했는지 그녀와 펄을 들여보내 주었다.

두 사람은 현관 안의 홀로 들어섰다. 벽에는 벨링엄 가문의 조상을 그린 초상화가 줄지어 걸려 있었다. 그중에는 가슴에 갑옷을 입은 사람도 있었고, 주름 깃이 달린 평상복을 입은 사람도 있었다. 이 초상화들은 옛날 초상화가 으레 풍기게 마련인 딱딱하고 엄숙한 분위기를 띠고 있었다. 그래서 세상을 떠난 귀인(貴人)들의 얼굴이라기보다는 망령들 같아 보였다. 그 얼굴들은 살아 있는 사람들의 생활이며 즐거움을 호되게 꾸짖는 듯한 눈초리로 바라보고 있었다.

벽에 댄 참나무 널빤지 한복판에는 갑옷 한 벌이 걸려 있었다. 이 갑옷은 조상들의 유물이 아니라 최근에 만들어진 것이었다. 벨링엄 장관이 뉴잉글랜드로 이주해 오던 해에 런던의 유능한 갑옷 제조자가 만든 갑옷이었다. 강철로 된 투구, 가슴과 목과 정강이에 각각 입는 갑옷, 그리고 장갑과 칼이 연달아 매달려 있었다. 이것들은 하나같이 반짝반짝 빛나고 있었는데, 그중에서도 가슴에 입는 갑옷과 투구는 특별히 잘 손질되어 마룻바닥을 은빛으로 환히 비추었다.

이 빛나는 갑옷은 단순한 장식물이 아니었다. 장관이 엄숙한 사열을 할 때나 연병장에 나설 때 차려입었던 것으로, 특히 피쿼드 전쟁(1933년 미국 코네티컷 주 리바 부근에서 인디언 피쿼드 족이 영국인을 죽인 것이 발단이 되어 일어난 전쟁. 팔백 명의 인디언이 몰살당했다.—옮긴이) 때는 연대의 선두에 서서 빛을 발했던 갑옷이었다. 벨링엄 장관은 원래 법률가가 되려고 법학을 공부한 사람이었다. 그런데 새로운 식민지를 이끄는 임무를 맡으면서 정치가이자 군인으로 활동하게 되었던 것이다.

잠시 후 정원의 샛길을 따라 서너 사람이 집 쪽으로 다가오는 소리가 들렸다. 펄은 자신을 달래는 엄마의 말에는 조금도 아랑곳하지 않고 사납게 고함을 질렀다. 그런데 갑자기 입을 다물었다. 엄마의 말을 따라야겠다고 생각했기 때문이 아니었다. 낯선 사람들이 나타나자 펄의 예리하고도 재빠른 호기심이 고개를 들었기 때문이다.

벨링엄 장관이 몇몇 손님들을 이끌고 걸어오고 있었다. 장관은 집에서 입는 느슨한 겉옷에다 헐거운 모자 차림을 하고 있었다. 그는 손님들에게 자신의 정원과 집을 자랑 삼아 보여 주면서, 앞으로 어떻게 바꿔 나갈지에 대한 계획을 장황하게 설명하고 있었다. 희끗희끗한 턱수염 밑에는 널따란 주름 깃이 있어서 그 위에 솟은 머리는 마치 큰 쟁반에 얹어 놓은 세례 요한의 머리처럼 보였다.

벨링엄 장관의 어깨 너머로 윌슨 목사가 보였으며, 연이어 다른 손님들이 뒤따라왔다. 그중 한 사람은 아서 딤스데일 목사로, 앞서 헤스터 프린이 처형대 위에 서 있던 장면에서 마지못해 한 역할을 맡았던 바로 그 사람이다. 목사는 최근 목회 일에 몰두하느라 몸을 돌보지 않은 탓에 건강이 몹시 악화돼 있었다. 딤스데일 목사 곁에 바짝 붙어서 오는 사람은 의술에 조예가 깊은 로저 칠링워스였다. 그가 이곳에 온 지도 어느새 두세 해가 지났다. 그사이 그는 딤스데일 목사와 매우 가까운 사이로 알려졌다.

벨링엄 장관은 계단을 한두 걸음 올라가 큰 홀의 창문을 열어젖혔다. 그 순간, 그는 눈앞에 서 있는 펄을 발견했다. 헤스터 프린의 모습은 커튼의 그림자에 가려 잘 보이지 않았다.

장관은 갑자기 나타난 주홍빛 옷차림의 아이를 보고 흠칫 놀라며 물었다.

"이게 누구지? 이런 모습은 제임스 왕 시절, 그러니까 내가 한창 영화를 누리던 때 이후로 처음 보는군! 그때 난 궁전 가면무도회에 참석하는 걸 굉장한 영광으로 생각했지. 그런데 저런 손님이 어떻게 여기에 들어왔을꼬?"

그러자 마음씨 착한 윌슨 목사가 큰 소리로 맞장구를 치며 말했다.

"아, 정말 그렇군요! 무슨 새이기에 깃털이 이리도 빨갛담? 아가야, 넌 누구냐? 네 어머니는 어째서 이렇게 이상한 옷을 입혀 주었니? 너도 예수 그리스도를 믿는 집 아이냐? 응, 그렇지! 교리 문답을 외울 줄 아느냐? 그렇지 않다면 장난꾸러기 어린 악마나 요정이 아니냐?"

그러자 요정 같은 주홍빛 아이가 대답했다.

"난 우리 엄마 딸이에요! 내 이름은 펄이고요!"

"펄이라! 그보다는 홍옥이나 산호가 낫겠다. 그것도 아니라면 빨간 장미가 어울리겠는걸?"

늙은 목사는 이렇게 말하며 펄의 뺨을 쓰다듬으려고 손을 내밀었다. 하지만 펄은 세차게 도리질을 하며 뒷걸음질을 쳤다.

"그래, 엄마는 지금 어디에 계시냐? 오, 알겠다."

그는 벨링엄 장관에게 고개를 돌려 나지막이 속삭였다.

"이 아이가 방금 우리가 의논하던 바로 그 아이입니다. 그 어미인 헤스터 프린도 여기 있군요."

장관은 유리문을 거쳐 홀 안으로 들어섰고, 손님 세 사람도 뒤따라 들어왔다.

장관은 주홍 글씨를 단 여인을 아주 준엄한 시선으로 뚫어지게 바라보며 말했다.

"헤스터 프린, 우리는 최근 자네에 관한 문제로 여러 차례 신중히 논의를 했네. 즉 우리와 같이 권위와 영향력을 지닌 사람들이 저 아이의 영혼을, 세상의 유혹에 걸려 넘어진 자에게 맡기는 것이 과연 양심적인 일인가 하는 것이었네. 아이의 어머니로서 대답을 해 보게. 저 아이가 자네의 품을 벗어나, 좀 더 수수한 옷을 입고 엄격한 교육을 받으며 커 가는 것이 좋지 않겠나? 그러는 편이 아이의 행복을 위해서도 도움이 되지 않을까? 이런 뜻에서 자네가 아이를 위해 할 수 있는 일이 대체 무엇인가?"

"저는 이것에서 배운 것을 펄에게 가르쳐 줄 것입니다."

헤스터 프린이 가슴에 있는 주홍 글씨에 손을 얹으며 말했다.

"이 사람아, 그건 자네의 치욕을 표시한 걸세! 우리가 자네의 아이를 남에게 맡기려는 것도 바로 그 때문이네. 주홍 글씨의 더러움에 아이가 물들지나 않을까 염려해서란 말일세."

장관이 준엄하게 말했다.

"하지만 이 징표는 저에게 가르쳐 주었습니다. 날마다, 그리고 바로 이 순간에도 가르쳐 주고 있고요. 저 자신에게는 조금도 도움이 되지 않겠지만 제 아이를 더욱 똑똑하고 훌륭하게 키울 교훈을 말입니다."

그녀는 얼굴이 점점 창백해지면서도 침착하게 대답했다.

"우리가 앞으로 어떤 조치를 취할지 신중히 생각해 봅시다. 윌슨 목사님께 부탁드립니다. 이 아이를 잘 살펴보시고 그 나이에 맞는 기독교 교육을 받았는지 좀 알아봐 주십시오."

벨링엄 장관이 말했다.

늙은 목사는 안락의자에 앉아서 펄을 두 무릎 사이로 끌어당겨 안으려 했다. 그러나 엄마 말고는 누구에게서도 따뜻한 손길을 받아 본 적이 없었던 펄은 잽싸게 그 자리를 피했다. 그러고는 열린 창 밖으로 달아나 계단 위에 올라섰다. 그 모습은 마치 금방이라도 날아오르려는 붉은 새 같았다.

윌슨 목사는 아이의 당돌한 태도에 적잖이 놀란 듯했다. 그는 인자한 할아버지였기에, 아이들이라면 누구나 그를 좋아하고 따랐기 때문이었다. 늙은 목사는 자세를 가다듬고는 엄숙한 목소리로 말을 꺼냈다.

"펄, 내 말을 들으렴. 그래야 언젠가 값진 진주를 가슴에 달 수 있는 거야. 자, 말해 보아라. 누가 너를 만들었지?"

펄은 자신을 만든 이가 누구인지를 잘 알고 있었다. 믿음이 두터운 집안에서 태어난 헤스터 프린이 아이에게 기본적인 교리를 가르쳐 주었기 때문이다. 그래서 펄은 삼 년 동안 지식을 제법 많이 쌓을 수 있었다. 뉴잉글랜드 입문서나 웨스트민스터 교리 문답의 첫머리 정도는 시험을 보아도 거뜬히 합격할 만했다. 비록 그 이름난 책들을 직접 보지는 못했지만 말이다.

그러나 아이들이라면 누구나 조금씩 부리는 고집이, 더욱이 펄의 경우에는 다른 아이들보다 열 배는 더 센 고집이 바로 이 순간에도 여지없이 드러났다. 펄은 윌슨 목사의 질문에는 대답하지 않은 채 손가락을 입에 물고 있었다. 그러다 마침내 말하기를, 자기는 누가 만들어 낸 것이 아니라 엄마가 감옥 문 앞에 나 있는 들장미 덤불에서 꺾어 왔다고 했다.

이런 엉뚱한 생각이 떠오른 것은 아마 펄이 창문 밖에 서 있을 때 붉은 장미가 가까이 있었기 때문일 것이다. 아니면 이곳으로 오는 길에 보았던 감옥 문 앞의 장미 덤불이 생각나서 그랬는지도 모른다.

로저 칠링워스는 얼굴 가득히 미소를 띠며 젊은 목사의 귀에다 대고 뭐라고 속삭였다. 헤스터 프린은 전 남편의 모습이 크게 달라진 것을 알아보고는 깜짝 놀랐다. 그는 참으로 보기 흉했다. 원래 거무스름했던 얼굴이 어찌나 더 어두워졌던지! 또 몸은 얼마나 더 뒤틀려 있던지!

그녀는 한순간 그와 시선이 마주쳤으나 곧 눈앞에 벌어지는 광경에 주의를 기울였다.

장관은 펄의 대답에 놀라 눈이 휘둥그레해졌다. 하지만 이내 마음을 가라앉히고는 큰 소리로 말했다.

"허허, 이거 참 딱한 노릇이군! 세 살이나 되었는데도 누가 저를 만들었는지 모르다니! 이 아이는 자신의 영혼에 대해서는 물론, 현재의 타락에 대해서도, 앞날의 운명에 대해서도 전혀 알리가 없소. 여러분, 더 이상 물어볼 필요가 없을 것 같군요."

헤스터는 펄을 데려와 품에 안았다. 그러고는 매서운 눈길로 늙은 청교도 장관을 마주 바라보았다. 세상에서 버림받은 외로운 그녀에게 위로를 줄 사람이라고는 오직 펄 하나뿐이었다. 그녀는 온 세상을 상대해서도 절대로 아이를 빼앗기지 않을 권리가 자신에게 있다고 믿었다. 그래서 목숨을 바쳐서라도 그 권리를 지켜야겠다고 결심했다.

그녀는 마침내 부르짖었다.

"이 아이는 하나님이 저한테 주셨어요! 하나님은 당신들이 제게서 빼앗아 간 것들을 보상해 주시려고 이 아이를 주신 겁니다. 이 아이는 제 행복이에요. 또한 괴로움이기도 하고요. 펄이 있어서 저는 이 세상에서 살아 나갈 수 있습니다. 펄은 제게 벌도 줍니다. 모르시겠어요? 이 아이는 제가 유일하게 사랑하는, 그래서 제 죄를 벌하는 엄청난 힘을 지닌 주홍 글씨와 같다는 것을 말이에요. 하늘이 무너져도 아이를 빼앗길 수는 없습니다. 그럴 바에야 차라리 제가 먼저 죽어 버리겠어요!"

"불쌍한 여인이로고……. 아이는 잘 돌보아 주겠네. 자네가 할 수 있는 것보다도 훨씬 더 극진하게 말이야."

인정 많은 늙은 목사가 말했다.

그러자 헤스터는 거의 비명에 가깝게 목청을 돋워 말했다.

"이 아이는 하나님이 제게 맡겨 주신 겁니다. 저는 펄만은 절대로 내놓지 않겠어요!"

그녀는 문득 무슨 충동을 느꼈는지, 지금껏 눈길 한번 주지 않던 딤스데일 목사 쪽으로 고개를 돌렸다.

그녀가 외쳤다.

"목사님이 저를 위해 말씀 좀 해 주세요! 당신은 저의 목사님이었고, 제 영혼을 맡았던 분이잖아요. 그러니 저분들보다는 저를 잘 아실 테지요. 전 이 애를 내놓지 못하겠어요! 목사님만은 제 심정이 어떨지 아실 겁니다. 어미의 권리가 무엇인지, 가진 것이라곤 오직 자식 하나와 주홍 글씨밖에 없을 때 그 어미의 권리가 얼마나 강해지는지도 아실 거예요. 이 점을 부디 헤아려 주세요. 전 이 아이만은 절대로 내놓지 못해요!"

헤스터 프린은 미친 듯 격렬하게 호소했다. 그러자 젊은 목사는 파랗게 질린 얼굴로 가슴에 손을 얹은 채 앞으로 나섰다. 이런 행동은 유난히 예민한 그의 신경이 극도로 흥분할 때마다 나오는 버릇이었다. 그는 헤스터가 군중 앞에서 치욕을 당하는 자리에 있었을 때보다도 더욱 근심 어리고 수척해 보였다.

"이 부인의 말에는 진실이 담겨 있습니다."

젊은 목사는 마침내 상냥하면서도 떨리는 목소리로 말문을 열었다. 크고 맑은 목소리가 홀 안에 울려 퍼졌다.

"헤스터가 하는 말에도, 그리고 그녀의 가슴에 사무치는 감정에도 진실이 담겨 있습니다. 하나님은 이 여인에게 아이를 주셨고, 아이의 성질이나 요구에 대한 본능적인 지혜도 함께 주셨습니다. 이것은 다른 누구도 가질 수 없는 것입니다. 더구나 이 어미와 아이는 지극히 신성한 유대로 맺어져 있지 않습니까?"

"으음! 어째서 그렇소, 딤스데일 목사?"

장관이 그의 말을 가로막았다.

"그 말뜻을 좀 더 분명하게 밝혀 주시오."

젊은 목사가 말을 이었다.

"그것은 틀림없는 사실입니다. 만약 그렇지 않다고 한다면, 인류를 창조하신 하늘의 아버지가 죄를 가벼이 여긴 셈이 될뿐더러, 속된 욕정과 신성한 사랑 사이에 아무런 구별도 지어 놓지 않은 셈이 되고 말 것입니다. 아비의 죄와 어미의 치욕이 낳은 이 아이는 하나님이 손수 내려 주셨습니다. 어미에게 여러 모로 영향을 주시려고 말이지요. 이 아이는 어머니에게 유일한 축복입니다. 물론 죄를 벌하기 위해 주어진 것이기도 합니다. 그 벌은 그녀가 뜻하지 않은 순간에도 느끼게 마련인 고통일 것입니다. 그래서 그녀는 아이의 옷에도 그런 생각을 나타낸 것이 아닐까요?"

"역시 옳은 말씀이오! 나는 저 여인이 제 자식을 광대로 만들려는 생각밖에 못하는 줄 알았구려!"

윌슨 목사가 크게 외쳤다.

"아닙니다. 그렇지 않습니다."

딤스데일 목사가 계속해서 말했다.

"헤스터 프린은 하나님이 이 아이를 통해 엄숙한 기적을 행하셨음을 잘 깨닫고 있을 겁니다. 그리고 그 은혜는 무엇보다도 어머니의 영혼을 살리고 나아가서는 더 깊은 죄의 구렁텅이에서 그녀를 보호하려는 뜻으로 베풀어졌다는 걸 느끼겠지요. 그러므로 이 가엾고 죄 많은 여인에게는 불멸의 영혼인 아이, 영원한 기쁨과 슬픔이 될 수 있는 이 아이를 맡기는 것이 좋겠습니다. 그러면 그녀는 아이를 키우면서 자신의 타락을 잊지 않게 되고, 아이를 가르쳐 천국으로 이끌면 그 아이 역시 어머니를 천국으로 이끈다는 것을 배울 것입니다. 따라서 우리는 헤스터 프린을 위해서나 가엾은 아이를 위해서, 하나님이 뜻을 두신 곳에 그들을 두어야 할 것입니다."

"목사님은 이상할 정도로 열심히 말하는군요."

로저 칠링워스가 젊은 목사를 향해 씩 웃으며 말했다.

"지금 젊은 형제가 한 말에는 중요한 뜻이 담겨 있어요."

윌슨 목사가 말하고는 벨링엄 장관에게 물었다.

"장관, 어떻습니까? 딤스데일 목사가 이 불쌍한 여인을 잘 변호하지 않았습니까?"

"정말 그렇군요. 그럼 딤스데일 목사의 의견에 따라서 우선 이 문제는 지금 상태 그대로 두도록 합시다. 이 여인이 더 이상 추문을 일으키지 않는 한 말이오. 하지만 아이가 교리 문답 시험은 보도록 해야지요. 윌슨 목사님과 딤스데일 목사가 상의해서 수고해 주십시오. 또한 적당한 시기가 되면 아이를 학교에 보내고 예배 모임에도 참석하도록 해야 합니다."

장관이 대답했다.

딤스데일 목사는 말을 마치자마자 사람들이 있는 곳에서 몇 걸음 물러났다. 그러고는 묵직한 커튼 자락 뒤에 얼굴을 반쯤 가리고 섰다. 햇빛을 받아 마룻바닥에 드리운 그의 그림자는 열 띤 호소의 여운으로 떨리고 있었다.

이때 엉뚱한 꼬마 요정 펄은 목사에게 살그머니 다가가 그의 손을 꼭 움켜쥐더니 거기에 자신의 뺨을 갖다 댔다. 그 모습이 어찌나 다정하고 얌전했던지, 헤스터는 아이를 지켜보다가 혼잣말로 이렇게 중얼거렸다.

"저 애가 정말 나의 펄이란 말인가?"

그러나 그녀는 아이의 가슴에 사랑이 숨 쉬고 있다는 것을 알고 있었다. 그것이 대개는 거칠게 드러났고, 이번처럼 차분하고 부드럽게 나타난 적은 거의 없었지만 말이다.

젊은 목사로서는 오랫동안 갈망해 온 여인에 대한 사랑을 제외한다면, 이 어린아이의 애정 표현보다 더 달콤한 것은 없었다. 그는 주위를 둘러본 뒤 아이의 머리에 손을 얹고 잠시 망설이다가, 아이의 이마에 입을 맞추었다. 물론 펄의 이런 기분은 오래가지 않았다. 펄은 이내 깔깔거리며 홀 밖으로 날아가듯 뛰어나갔다.

제 7 장

위태로운 만남

로저 칠링워스라는 이름 밑에는 다른 이름이 숨어 있었다. 그는 자신의 본명이 세상 사람들의 입에 다시는 오르지 않게 하리라고 굳게 마음먹은 터였다.

이 지방에 오기 전까지 그는 헤스터가 따뜻한 가정에서 단란하게 지내고 있기를 바랐다. 그런데 뜻밖에도 그녀가 죄의 표본이 되어 사람들 앞에 서 있었던 것이다. 사람들이 모인 곳 여기저기에서는 그녀를 욕하는 말들이 들끓었다.

그는 자신만큼은 헤스터가 받은 것과 같은 수모를 당할 수 없다고 생각했다. 헤스터 프린 말고는 자신의 정체를 아는 사람이 없었고, 그녀를 침묵하게 하는 열쇠도 자신의 손에 들어 있었다.

그는 이제 인간 사회의 명단에서 자신의 이름을 지워 버리기로
했다. 그러잖아도 떠도는 소문에 따르면 그는 이미 오래전에 깊
은 바다 속 물귀신이 되지 않았던가.

이런 결심을 실행에 옮기기 위해 그는 로저 칠링워스라는 이
름으로 청교도의 마을에 거처를 정했다. 그리고 자기가 비범한
학식과 지혜를 지녔다는 사실 말고는 아무것도 밝히지 않았다.
그는 그동안 많은 연구를 하여 의학에 조예가 깊었기 때문에 의
사로서 행세할 수 있었다. 그 덕분에 후한 대접도 받았다.

이 무렵 식민지에서는 의학과 외과 기술에 모두 통달한 사람
이 드물었다. 지금까지는 나이 지긋한 집사이자 약제사가 의약
에 관한 모든 것을 혼자 도맡아 왔다. 이런 의료계에 로저 칠링
워스가 나타난 것은 참으로 뜻 깊은 일이었다. 그는 곧 예로부
터 전해 내려오는 의술을 능숙한 솜씨로 보여 주었다. 고대 의술
에서는 무슨 약을 조제하든 마치 불로장생의 약이라도 되는 듯
잡다한 약물들을 섞어서 만들었다. 게다가 그는 인디언에게 포
로로 잡혀 있을 때 약초나 풀뿌리에 대한 지식도 많이 배웠다.

로저 칠링워스는 적어도 겉으로 보기엔 모범적으로 종교 생
활을 했다. 그는 이곳에 도착한 지 얼마 되지 않아 자신의 정신
적인 지도자로 아서 딤스데일 목사를 택했다. 이 젊은 목사는
옥스퍼드에서는 여전히 학자로 이름이 알려져 있었다. 그를 열
렬히 지지하는 사람들은 그를 하나님이 택하신 사도(使徒)라고

생각할 정도였다.

그런데 이즈음 딤스데일 목사의 건강이 눈에 띄게 나빠지기 시작했다. 목사의 생활 습관을 잘 알고 있는 사람들은 이렇게 말하곤 했다. 그의 얼굴이 창백한 것은 연구에 지나치게 몰두하는 데다 성직자로서의 직분을 너무 철저히 따르기 때문이라고. 게다가 속세의 더러움이 영혼의 등불을 끄거나 흐리지 못하도록 자주 금식을 하고 철야 기도를 드리는 탓이라는 것이었다.

이에 대해 목사는 겸손하게 말했다. 만약 하나님이 자신을 데려가는 것이 옳다고 여기신다면, 그것은 자신이 이 세상에서 신의 사명 가운데에서도 가장 보잘것없는 일마저도 맡을 자격이 없기 때문이라고 말이다.

그의 몸은 날로 수척해졌다. 목소리는 아직 감미로웠으나 침울함이 깃들어 있었다. 종종 뜻하지 않은 일로 조금이라도 놀라면 가슴에 손을 얹었다. 그리고 낯빛이 붉어졌다가 곧 창백해지곤 해서, 마음이 몹시 괴롭다는 것을 알 수 있었다.

이처럼 절박한 때에 마침 로저 칠링워스가 이 지방에 나타난 것이다. 그는 수수께끼 같은 인물이었다. 하늘에서 떨어졌는지, 땅에서 솟아났는지, 그가 어디서 왔는지 아는 사람은 아무도 없었다. 사람들은 심지어 기적이 내린 것이 아닐까 하고 생각하기도 했다.

로저 칠링워스는 신도의 자격으로 목사에게 접근했다. 나아가 그는 성격이 예민하고 내성적인 목사에게 친구로서 신임을 얻으려고 노력했다. 목사의 건강 상태를 보고 적잖이 놀랐으나, 어떻게든 도움을 주려 했다. 그리고 빨리 손을 쓰면 좋은 결과가 있을 거라는 말을 내비쳤다. 딤스데일 목사의 교회 신도들은 하나같이 목사에게 의사가 가르쳐 주는 치료법을 시도해 보라고 애걸하듯 권했다. 그러나 딤스데일 목사는 그들의 간청을 정중하게 뿌리쳤다.

"내겐 아무런 약도 소용없어요."

그는 이렇게 말할 뿐이었다.

그러나 안식일이 돌아올 적마다 두 뺨은 전보다 더욱 창백해지고 목소리도 더욱 떨리는데 어떻게 이런 소리를 할 수 있단 말인가? 이제는 가슴에 손을 얹는 것이 어쩌다 하는 행동이 아니라 쉴 새 없이 하는 버릇이 되었는데도 말이다. 자기 일에 싫증이 난 것일까? 아니면 죽기를 바라기라도 하는 것일까?

보스턴의 원로 목사들과 그의 교회 집사들은 딤스데일 목사에게 이런 질문을 던졌다. 목사는 그들의 말에 묵묵히 귀를 기울이고 있다가 마침내 의사의 진찰을 받기로 약속했다.

그는 로저 칠링워스에게 진찰을 받으면서 말했다.

"만약 그것이 하나님의 뜻이라면……, 내 생명이 그동안의 수고와 슬픔, 죄악과 더불어 끝나더라도 나는 만족합니다. 의사 선생님이 나를 위해 의술을 쓰시는 것보다는 차라리 그 편이 낫겠습니다.”

“오호, 젊은 목사님들은 으레 그런 식으로 말씀하시지요. 젊은 사람들은 뿌리가 깊지 않아서 그런지 삶을 너무 쉽게 포기하곤 합니다. 하기야 지상에서 하나님과 함께 걷던 성자 같은 분들은 새 예루살렘의 황금 길도 그분과 함께 거닐고 싶겠지요. 기꺼이 세상을 떠나서 말입니다.”

로저 칠링워스가 일부러 그러는지 진심으로 그러는지 알 수 없지만 여전히 침착한 태도로 말했다.

“아닙니다. 천국을 거닐 자격이 있다면 차라리 이 세상에서 고생하며 살겠습니다.”

젊은 목사가 가슴에 손을 얹고 이마에는 괴로운 빛을 내비치면서 대답했다.

“훌륭한 분들은 언제나 자신을 지나치게 낮춘다니까요.”

이렇게 하여 신비에 싸인 인물 로저 칠링워스는 딤스데일 목사의 주치의가 되었다. 의사는 목사의 병에 관심을 두었을 뿐만 아니라 그의 성품과 기질을 알아보고 싶은 마음도 몹시 간절했다. 그래서 두 사람은 점차 많은 시간을 함께 보내게 되었다. 그들은 목사의 건강을 위하고 약초도 캘 겸 해서 바닷가나 숲 속을 한참 동안 산책하곤 했다.

의사가 목사의 서재를 방문하는 일도 종종 있었다. 목사는 그와 같은 과학자와 한자리에 있을 때 무언가 매력 같은 것을 느겼다. 그 의사가 남달리 깊고 넓은 교양을 쌓은 데다 동료 목사들한테서는 좀처럼 찾아볼 수 없는 자유로운 사상을 지녔다는 걸 발견했기 때문이다.

한편 로저 칠링워스는 이 환자를 두 갈래 방향으로 살필 수 있었다. 먼저 목사가 자신에게 익숙한 사상의 울타리 안에서 지내는 일상생활을 관찰했다. 그리고 색다른 도덕적 환경에 놓였을 때 변화를 보이는 모습도 아울러 관찰했다. 의사는 목사를 치료하려면 먼저 그의 됨됨이를 알아야 한다고 생각했다. 감성과 지성을 고루 갖춘 인간이라면 육체의 병도 감성과 지성의 영향을 동시에 받게 마련이라는 것이었다.

아서 딤스데일의 경우, 사상이 깊고 상상력이 유난히 풍부한 데다 감수성이 예민하기 때문에 육체의 병 역시 그곳에 뿌리를 두고 있는 듯했다. 그래서 로저 칠링워스는 환자의 가슴속 깊은 곳까지 파고들어 가려 했다. 마치 캄캄한 동굴에서 보물을 캐내듯 그의 온갖 생각을 파헤치고 기억을 더듬었으며, 그 밖의 여러 가지를 탐색했다. 이런 능력이 있는 사람에게 마음 놓고 탐색할 기회까지 주어졌다면, 아무리 깊숙이 감추어 놓은 비밀도 드러날 수밖에 없을 것이다.

얼마 뒤 딤스데일의 친구들은 칠링워스의 의견에 따라 두 사람이 한집에서 살 수 있도록 주선해 주었다. 그렇게 되면 의사가 목사의 건강 상태를 낱낱이 살필 수 있을 거라 믿었기 때문이다. 사람들은 그토록 간절히 바라던 일이 이루어지자 너나 할 것 없이 기뻐했다. 그들은 이번 일이야말로 목사의 건강과 행복을 위해 더없이 좋은 처사라고 입을 모았다.

물론 몇몇 사람들의 말대로 목사가 그에게 정신적으로 헌신하는 꽃다운 아가씨들 중에서 한 사람을 선택하여 아내로 삼는 것도 좋겠지만 말이다. 그러나 지금 같아서는 그가 남의 권유로 그렇게 할 가능성은 전혀 없었다. 그는 목사로서 독신을 지키는 것이 교회 규율이기라도 한 듯 그런 제안을 한사코 뿌리쳤다.

이 두 친구가 함께 살게 된 집은 지체 높고 믿음이 두터운 과부의 집으로, 훗날 신성한 킹스 채플이 세워진 대지를 거의 다 차지하고 있었다. 마음씨 착한 이 과부는 딤스데일 목사에게 현관 쪽 방을 쓰게 했다. 그 방은 햇빛이 잘 드는 곳이었지만 필요할 때에는 두꺼운 커튼을 내려 대낮에도 어둡게 할 수 있었다. 목사는 이 방에 온갖 책들을 수북이 쌓아 놓았다.

로저 칠링워스는 그 집의 다른 쪽 귀퉁이에 서재 겸 실험실을 마련했다. 그 방에 있는 실험 기구들은 현대 과학자들의 기준으로 본다면 부족한 것이 많았다. 증류기 한 대와 약재나 화학 약품을 혼합하는 기구가 갖추어져 있을 뿐이었기 때문이다. 하지만 유능한 연금술사들이라면 이것들을 제대로 활용할 수 있을 터였다.

이렇듯 편리한 환경에서 두 학자는 각자 자신의 세계에 들어

앉았다. 그러면서도 서로의 공간에 허물없이 드나들며 상대방
이 하는 일을 호기심 어린 눈으로 살펴보곤 했다.

제 8 장

비밀의 광맥을 찾아서

로저 칠링워스는 성품이 다정한 편은 아니었으나 사람들과 사귈 때는 한결같이 순수하고 올곧은 사람이었다. 그는 무엇이든 탐구하기 시작하면 판사처럼 엄정하고 공평하게 오직 진실을 찾는 데에만 골몰했다.

그런데 목사를 탐구하는 동안에는 무서운 마력 같은 것에 사로잡혀 좀처럼 놓여날 줄을 몰랐다. 마치 금을 찾는 광부, 아니 차라리 시체와 함께 묻힌 보석을 찾으려는 도굴꾼처럼 목사의 가슴속을 깊이 파고 들어갔다.

어느 날 의사는 혼자서 중얼거렸다.

"모두들 이 사내를 순결하다고 여기고 있지. 겉으로 보기에는 아주 영적인 인물 같지만, 실제로는 부모에게서 강한 동물적인 성격을 물려받았단 말씀이야. 이 방향으로 광맥을 좀 더 깊이 캐 봐야겠는걸?"

그는 목사의 어두컴컴한 가슴속에 들어가 한참 동안 갖가지 귀중한 자료를 뒤적거리곤 했다. 그러다 제 풀에 겨워 다른 쪽으로 탐색의 손길을 뻗치는 일도 있었다. 어찌 보면 그의 태도는 방에 침입한 도둑 같았다. 방 주인이 눈을 반쯤 감은 채 잠들어 있는 동안, 그가 소중히 여기는 보물을 훔치러 들어간 상황과 비슷했다. 그렇게 살금살금 들어가 사방을 두루 살피며 더듬어 가고 있었던 것이다.

딤스데일 목사는 이따금 날카로운 직관력을 발휘하곤 했다. 그럴 때 그는 무언가가 마음의 평화를 어지럽히고 나아가 신변을 위협하고 있다는 것을 어렴풋하게 알아차렸다. 그러나 로저 칠링워스 역시 그에 못지않은 직관력을 갖고 있었다. 목사가 자신에게 놀란 눈길을 던질 때면 의사는 친절하고 주의 깊고 동정심이 많은, 그러면서도 절대로 주제넘지 않는 친구처럼 태연하게 앉아 있었다.

만약 딤스데일 목사가 마음이 병든 사람이 으레 그렇듯 모든 사람을 의심하는 버릇만 없었더라면, 칠링워스라는 인간의 정체를 제대로 파악할 수 있었을지도 모른다. 목사는 친구조차도 믿지 않았으므로 정작 적이 눈앞에 나타났는데도 그것을 알아차리지 못했다. 그래서 여전히 늙은 의사와 다정하게 지냈다. 날마다 그를 서재로 반겨 맞아들였고, 그의 실험실을 찾아가 잡초가 효능 있는 약으로 변해 가는 과정을 지켜보기도 했다.

어느 날 목사는 한 손으로 이마를 짚고 묘지 쪽으로 열린 창문턱에 팔꿈치를 얹은 채 로저 칠링워스와 이야기를 나누고 있었다. 의사는 볼품없는 약초 묶음을 들여다보는 중이었다.

"선생님은 이렇게 우중충하고 시들시들한 풀을 어디서 뜯어 오셨나요?"

목사가 약초를 곁눈질하면서 물었다. 이 무렵 목사는 사람이건 물건이건 똑바로 바라보지 못하는 버릇이 있었다.

의사는 일손을 멈추지 않은 채 대답했다.

"바로 요 앞 묘지에서 뜯었지요. 생전 처음 보는 풀이에요. 어느 무덤 위에 자라고 있더군요. 그 무덤에는 비석 하나 없고 이런 볼품없는 잡초만 자라고 있었어요. 이 풀들이 죽은 사람을 기리고 있는 셈이지요. 시체의 심장에서 돋아나 시체와 함께 묻힌 무서운 비밀을 상징하는 건지도 모르고요. 살아 있을 적에 비밀을 털어놓았더라면 더 좋았을 것을……."

"아마 모르긴 몰라도……, 정말로 털어놓고 싶었지만 차마 그렇게 할 수 없었겠지요."

"왜 그랬을까요? 도대체 무엇 때문에 털어놓지 못했을까요? 자연의 모든 힘이 그것을 요구했을 텐데 말입니다. 그래서 이런 시커먼 잡초가 무덤 속 가슴에서 돋아나 비밀을 드러내려 하는 것 아니겠어요?"

"의사 선생님, 그건 선생님의 환상일 뿐입니다. 내 추측이 옳다면, 죽은 사람의 가슴과 함께 묻혀 버릴 비밀은 하나님의 권능이 아니고서는 입으로든 무슨 상징으로든 밝힐 수가 없어요. 비밀을 감추고 있는 동안에는 죄가 깊어지겠지만, 그 가슴은 비밀이 죄다 드러나는 심판의 날이 올 때까지 버텨 나가야 합니다. 또한 내가 성경에서 읽고 해석한 것에 따르면, 인간이 숨겨 온 생각이나 행실이 드러난다고 하더라도 그것이 곧 처벌을 뜻하는 것은 아닙니다. 그건 분명히 처벌을 천박하게 해석하는 것입니다. 더욱이 선생님이 들먹이는 그런 무서운 비밀을 품은 마음은, 심판의 날이 오면 누가 시키지 않아도 아주 기쁜 마음으로 비밀을 모두 털어놓을 겁니다."

"그렇다면 어째서 이승에서는 털어놓지 않는 거지요? 죄 지은 자들은 도대체 무슨 까닭으로 그런 흐뭇한 위안을 좀 더 일찍 누리려고 하지 않을까요?"

로저 칠링워스가 목사를 곁눈질하면서 물었다.

목사는 갑자기 통증이 엄습하는 듯 가슴을 움켜쥐고 말했다.

"대부분의 사람은 그렇게 하지요. 많은, 참으로 많은 사람들이 숨을 거두는 자리에서는 물론이고 한창 왕성하게 활동하며 명성을 떨칠 때에도 나에게 비밀을 털어놓더군요. 한데 고백을 하고 난 뒤에 어쩌면 그리도 후련해 하던지요! 마치 자신의 더러운 입김으로 숨이 꽉 막혀 있다가 오랜만에 시원한 공기를 들이마시는 모습 같았습니다."

그러자 의사가 차분하게 대꾸했다.

"하지만 언제까지고 비밀을 묻어 두는 사람도 있지요."

"맞아요. 물론 그런 사람들도 있어요. 하지만 그런 사람들은 타고난 성격 탓에 입을 열지 못하는 것인지도 몰라요. 아니면 하나님의 영광과 자신의 행복을 갈망한 나머지 추악한 모습을 차마 드러내지 못하는 건지도 모릅니다. 밝혀서 이로울 것이 없을뿐더러 훌륭한 봉사를 통해 속죄할 수도 있기 때문이지요."

"그들은 자기 자신을 속이고 있는 겁니다. 마땅히 감수해야 할 치욕을 받기가 두려운가 봅니다. 만약 그들이 하나님께 영광을 돌리겠다면, 그 더러운 손을 아예 하늘 높이 쳐들어서는 안 되지요! 동료에게 이바지하겠다면 무엇보다 양심의 힘과 실체를 드러내야지요! 아, 현명하고 경건한 목사 양반, 당신은 나더러 하나님의 진리보다도 위선이 더 낫다고 설득하려는 건가요? 정말이지 그런 사람들은 자신을 속이는 자들이라고요!"

의사가 자못 흥분해서 집게손가락을 들어 허공을 찌르며 소리쳤다.

"그럴지도 모르지요."

젊은 목사는 가당찮은 논쟁은 그만두겠다는 듯 무심한 말투로 내뱉었다. 그는 자기 신경을 건드리는 화제라면 무엇이든 눈치 빠르게 피해 버리는 재주가 있었다.

"그건 그렇고, 유능하신 의사 선생님께 여쭈어 볼 것이 있습니다. 선생님은 이 허약한 몸뚱이를 그동안 돌보아 주신 결과, 정말로 효험이 있었다고 생각하시는지요?"

로저 칠링워스가 막 대답을 하려는 순간이었다. 때마침 아이의 낭랑하고 거침없는 목소리가 근처 묘지 쪽에서 들려왔다. 목사가 창밖을 내다보니 헤스터 프린과 펄이 묘지를 가로질러 지나가고 있었다.

펄은 예의 그 짓궂은 표정으로 즐거운 기분을 만끽하고 있었다. 이 무덤에서 저 무덤으로 팔짝팔짝 옮겨 다니며 뛰놀던 참이었다. 그러다 넓고 평편한, 문장(紋章)이 새겨진 유명 인사의 비석 앞에 이르면 거기에 올라가 춤을 추었다. 헤스터는 펄에게 좀 얌전하게 굴라고 애걸하듯 달랬다. 그러자 펄은 무덤가에서 자라는 우엉의 열매를 한 줌 따서는 엄마의 가슴에 수놓인 주홍 글씨의 테두리를 따라 늘어놓았다. 가시가 돋친 우엉 열매는 주홍 글씨에 찰싹 달라붙어 떨어지지 않았다. 헤스터는 그것을 굳이 떼지 않고 그대로 두었다.

이즈음 로저 칠링워스가 창가로 다가서더니 음험한 미소를 머금은 채 두 모녀를 내려다보았다.

"저 아이는 어른을 무서워하는 법도 없고, 남의 말이나 의견을 들어 주는 법도 없는 것 같군."

그는 혼잣말하듯 중얼거리더니 목사에게 말했다.

"저번에는 저 아이가 소 먹이는 물통에 든 물을 장관님에게 끼얹는 것을 보았소이다. 도대체 무슨 아이가 그렇답니까? 혹시 악마가 아닐까요? 목사님의 눈에는 무언가 사람다운 원칙이 엿보이긴 합니까?"

"아니오. 원칙에 어긋나는 자유분방함밖에는 보이지 않습니다. 저 아이가 선행을 할 수 있을지 어떨지 모르겠군요."

딤스데일 목사는 이미 그 문제를 생각하고 있었던 것처럼 나지막이 대답했다.

아이는 목사와 의사가 주고받는 이야기를 엿들은 것 같았다. 영리한 장난꾸러기 같은 미소를 지으며 창문 위쪽을 쳐다보더니, 목사를 향해 우엉 열매 하나를 던졌다. 신경이 과민한 목사는 가볍게 날아든 열매를 피하느라 몸을 잔뜩 움츠렸다. 아이는 목사의 겁먹은 몸짓을 보고는 손뼉을 치며 신나게 웃어 댔다.

이때 헤스터 프린도 무심결에 위쪽을 쳐다보았다. 이리하여 네 사람은 한동안 말없이 서로를 바라보았다. 이윽고 펄이 깔깔대며 소리를 질렀다.

"자, 어서 가요, 엄마! 저 늙은 악마가 엄마를 붙잡아 갈 거야! 목사님은 벌써 붙잡혔는걸요. 엄마, 빨리 와요. 붙잡힌다니까요. 하지만 악마도 펄은 못 잡을걸?"

"저기 저 여자는 말입니다."

로저 칠링워스가 잠시 멈추었다가 말했다.

"그 죄가 무엇이건, 목사님이 감당하기 어려운 짐이라고 생각하는 그런 비밀은 조금도 갖고 있지 않습니다. 목사님은 헤스터 프린이 가슴에 주홍 글씨를 달고 있는 만큼 불행을 덜었다고 생각하나요?"

목사가 대답했다.

"그렇게 생각합니다. 하지만 내가 그녀를 대신해서 대답할 순 없지요. 그녀의 얼굴에는 남이 보기에도 괴로운 고통의 빛이 어려 있어요. 그래도 고통을 가슴에 묻어 두는 것보다는 차라리 저 여인처럼 드러내 버리는 것이 나을 겁니다."

또다시 침묵이 흘렀다. 의사는 자신이 캐 온 약초를 뒤적이며 정리하기 시작했다.

마침내 의사가 입을 열었다.

"목사님이 조금 전에 내게 물었지요. 목사님의 건강에 관한 내 의견 말입니다."

"네, 그랬지요. 들어 보고 싶군요. 솔직하게 말씀해 주십시오. 죽든 살든 상관없으니까 말입니다."

"그렇다면 솔직하게 말씀드리지요."

의사는 여전히 약초를 뒤적이는 한편 딤스데일 목사를 유심히 살피면서 말했다.

"좀 이상한 병입니다. 병 자체는 그리 대단치도 않고 뚜렷이 나타나는 것도 없어요. 적어도 몇 달 동안 내가 관찰한 바로는 그렇습니다. 날마다 목사님을 들여다보고 겉에 나타난 증세를 살핀 결과, 목사님은 병이 꽤 깊은 환자라고 볼 수 있겠습니다. 하지만 학식 있고 주의력 있는 의사라면 고치지 못할 병은 아닌 듯합니다. 글쎄, 뭐라고 말해야 좋을지……. 병의 정체를 알 듯 하면서도 모르겠단 말씀이에요."

얼굴이 창백해진 목사가 창밖을 곁눈질하면서 말했다.

"수수께끼처럼 말씀하시는군요, 의사 선생님."

"그럼 좀 더 쉽게 말씀드리지요. 용서하십시오, 목사님. 실례가 되더라도 솔직히 말씀드리겠습니다. 목사님의 친구로서, 또한 하나님의 뜻으로 목사님의 건강과 생명을 도맡아 온 사람으로서 묻겠습니다. 목사님은 나에게 병의 증세를 하나도 숨기지 않고 털어놓았나요?"

"그것이 무슨 말씀입니까? 의사를 불러들여 놓고 병을 숨긴다면 그건 어린애들 장난이 아니고 무엇이겠습니까?"

"그러면 내가 전부 알고 있다는 말씀이로군요?"

로저 칠링워스는 예지에 빛나는 강렬한 눈빛으로 목사의 얼굴을 응시하면서 조심스레 덧붙였다.

"알겠습니다. 그런데 의사가 오로지 환자의 신체 밖으로 드러난 증세만 진찰한다면 자기가 고쳐야 할 병의 원인을 절반밖에 모른다고 할 수 있어요. 우리는 대개 병이라고 하면 육체의 병만 생각하지만, 그것은 사실 정신적 고통의 징후에 불과할 수도 있습니다. 목사님은 내가 알고 있는 어느 누구보다도 육체와 정신이 밀접하게 결합되어 있는 사람입니다.”

그의 말에 목사는 의자에서 허겁지겁 일어나며 말했다.

“그렇다면 더 이상 부탁드릴 것이 없겠군요. 내가 보기에 선생님은 영혼을 고치는 의사가 아닙니다.”

로저 칠링워스는 목사의 말에는 아랑곳없이 말을 이어 갔다.

“그래서 정신에 아픈 곳이 생기면 곧바로 그에 관련된 몸의 증상이 나타나게 마련이지요. 목사님은 의사가 병을 고쳐 주기를 바랍니까? 의사에게 영혼의 상처나 괴로움을 밝히지 않으면서 어떻게 병이 낫기를 바랄 수 있습니까?”

“안 됩니다. 선생님에게는, 아니 이 세상의 의사에게는 절대로 밝힐 수 없습니다.”

딤스데일 목사는 눈을 부릅뜨고 칠링워스를 매섭게 쏘아보면서 버럭 소리를 질렀다.

“당신에게는 어림도 없다고요! 내 영혼에 병이 있다면 나는 단 하나뿐인 영혼의 의사에게 몸을 맡기겠습니다. 그분은 마음이 내키면 고쳐 주실 것이고, 그렇지 않으면 죽이실 수도 있겠지요. 정의와 지혜에 비추어 나를 처분해 주실 겁니다. 그런데 이런 문제에 간섭하는 당신은 도대체 누구입니까? 누군데 감히 하나님과 환자 사이를 가로막으려 하느냔 말이오!"

목사는 미친 듯이 몸부림치며 방에서 뛰쳐나갔다.

"이런 방법을 쓰는 것도 괜찮군."

로저 칠링워스는 목사의 뒷모습을 바라보며 의미심장한 미소를 머금었다. 그는 이어서 중얼거렸다.

"손해 볼 건 하나도 없지. 우린 금세 다시 친해질 테니까. 그런데 거 참, 어쩌면 그렇게 발끈해 가지고 미친 사람 꼴이 된담! 음, 지금 격정에 사로잡혔듯 다른 때에도 그럴 거야. 전에도 망측한 짓을 저질렀던 게 분명해. 믿음이 깊기로 유명한 딤스데일 목사님이, 타오르는 열정을 이기지 못해서 말이지!"

젊은 목사는 홀로 몇 시간을 보낸 끝에, 자신이 신경이 날카로워진 나머지 지나치게 화를 냈다는 것을 깨달았다. 사실 아무리 생각해 봐도 의사가 한 말에는 그런 행동을 일으킬 만한 점이 없었다. 목사는 친절한 의사에게 어쩌면 그렇게도 난폭한 행동을 했을까 하고 놀라워했다. 더욱이 의사는 임무를 다하느라 충고를 해 주었을 뿐이고, 그 충고란 다름 아닌 목사 자신이 간절히 부탁했던 것이 아닌가.

이렇게 뉘우치는 마음이 들자, 목사는 곧바로 의사를 찾아가 진심 어린 사과를 건넸다. 그리고 치료를 계속해 달라고 부탁했다. 로저 칠링워스는 이를 흔쾌히 승낙하고 최선을 다해 치료해 나갔다. 그런데 환자의 방을 나설 때는 입가에 묘한 미소를 띠곤 하였다.

그는 혼자 이렇게 말했다.

"보기 드문 증세야. 좀 더 샅샅이 살펴봐야겠는걸. 영혼과 육체가 이상하게 교감하고 있단 말이야. 의학적인 목적에서라도 이 문제를 속속들이 파헤쳐 봐야겠어."

어느 한낮, 딤스데일 목사는 의자에 앉은 채 깊은 잠에 빠졌다. 앞에 놓인 책상 위에는 큼직한 책 한 권이 펼쳐져 있었다.

그가 이렇게 깊이 잠든 것은 놀랄 만한 일이었다. 평소에는 잠을 자더라도 나뭇가지에서 뛰노는 작은 새마냥 가볍게 잠들었기 때문이다. 그런데 그날따라 그의 정신은 몸 속 깊숙이 들어앉아 있었다. 그래서 로저 칠링워스가 그다지 조심하지 않고 방에 들어왔는데도 목사는 곯아떨어진 채 꼼짝도 하지 않았다.

의사는 환자에게 곧장 다가가 그의 가슴에 손을 얹었다. 그러고는 지금껏 의사도 들여다보지 못하게 가슴을 가려 놓았던 윗옷을 살며시 풀어헤쳤다. 그러자 목사는 몸을 부르르 떨며 약간 꿈틀거렸다.

의사는 잠시 가만히 서 있다가 자리를 떴다.

바로 그 순간, 의사의 얼굴에는 놀라움과 기쁨, 두려움이 한데 뒤섞인 표정이 드러났다. 차마 눈 뜨고는 볼 수 없는 기괴한 표정! 그는 얼굴만으로는 감정을 다 드러내기 어려웠는지 볼품없는 몸뚱이를 들썩거리기 시작했다. 그러다 미친 듯이 천장을 향해 두 팔을 뻗고, 마룻바닥을 발로 쿵쿵 구르기까지 하는 것이 아닌가!

제 9 장

고뇌하는 목사

앞서 말한 사건이 일어난 뒤로 목사와 의사의 관계는 겉으로
는 여전한 것 같았지만 실제로는 이전과 사뭇 달랐다. 로저 칠
링워스의 앞길은 환하게 틔었다. 사실 그것은 스스로 계획했던
길은 아니었다.

그는 겉으로는 평온하고 냉철해 보였지만, 마음 깊은 곳에는
악의가 도사리고 있었다. 지금껏 잠잠했던 그런 마음이 서서히
고개를 들기 시작해, 그는 이제 교묘한 방법으로 복수를 꾀하기
시작했다. 그 방법이란 먼저 목사의 친구가 되어 그의 신뢰를
얻은 다음, 양심의 가책과 후회, 두려움 등을 죄다 고백하도록
만드는 것이다. 그래서 세상 사람들은 너그러이 용서하고 가엾

게 여길 목사의 비밀이 오직 자기 앞에서만 낱낱이 드러나기를 바랐다. 세상 사람들과는 달리 용서도 동정도 없는 자신에게 말이다.

그동안 의사의 계획은 제대로 진행되지 않았다. 목사가 부끄러움을 타는 데다 예민하여 마음을 좀처럼 터놓지 않았기 때문이다. 하지만 그는 불만스럽게 여기지 않았으며, 이것도 어쩌면 하나님이 내린 계시라 생각했다. 이 계시의 덕택으로 의사는 딤스데일 목사와 사귀면서 목사의 겉모습뿐만 아니라 정신 깊숙이 자리 잡은 영혼까지도 차근차근 들여다보고 이해할 수 있었다. 그 결과, 그는 목사의 내면세계라는 드라마에서 한낱 구경꾼이 아닌 주연 배우의 역할을 맡게 되었다. 이제 그는 마음 내키는 대로 목사를 조종할 수 있었다.

이 모든 일은 교묘하고도 감쪽같이 이루어졌다. 목사는 흉악한 힘이 자신을 감시하고 있다는 것을 어렴풋이 느끼고 있었다. 하지만 그 정체가 무엇인지는 좀처럼 알아차리지 못했다. 이따금 그는 미심쩍고 두려운 마음으로, 때로는 극도의 공포와 끔찍한 증오심으로 늙은 의사의 모습을 바라보았다.

이렇게 몸은 아프고 영혼은 어두운 번민에 시달리면서도 목사는 성직자로서 나날이 명성을 높여 갔다. 사실 그의 명성은 슬픔의 대가라고 할 수 있었다. 평소 고뇌와 고통을 안고 살아서인지, 그의 타고난 지성과 도덕적 감수성, 감정을 전달하는 능력이 이상하리만큼 활발히 움직이고 있었다.

그는 마음에 무거운 짐을 짊어진 만큼 다른 가엾은 이들의 마음에 깊이 공감했다. 그리고 가슴속에서 우러나는 고통에 힘입어 설득력 있는 웅변으로 사람들의 심금을 울렸다. 그의 설교가 내뿜는 힘은 감동적이다 못해 때로는 무섭기까지 했다.

이제 신도들은 딤스데일 목사를 거룩한 기적과도 같다고 여겼다. 그들의 눈에는 목사가 딛고 서 있는 땅조차 성스러워 보였다. 교회의 젊은 처녀들은 목사 앞에 서면 얼굴이 창백해졌다. 늙은 신도들은 젊은 목사의 허약한 몸을 보고는 목사가 자신들보다 먼저 하늘나라에 갈 것이라 생각했다. 그래서 자신들이 죽거든 목사의 무덤 가까이에 묻어 달라고 자식들에게 당부하기까지 했다.

신도들이 이렇게 자신을 존경하면 할수록 딤스데일 목사가 느끼는 괴로움은 커져만 갔다. 그는 강단에 오를 때마다 신도들에게 자신의 정체를 밝히고 싶은 충동에 시달렸다. 여러분이 우러러보는 목사가 사실은 추악하기 짝이 없는 죄인이자 위선자라고 외치고 싶었던 것이다.

아니, 실제로 그는 고백했다! 그는 분명히 말했다. 자신이 비열하기 이를 데 없는 사람이요, 극악무도한 죄인이요, 누구도 상상할 수 없을 만큼 부정한 사람이라고. 자신의 더러운 몸뚱이가 전지전능하신 하나님의 불타는 노여움으로 떨고 있는 것을 버젓이 보여 주는데도 모르다니 참으로 이상한 노릇이라고 말이다.

그의 말을 들은 신도들은 아마 자리에서 벌떡 일어나 목사를 강단에서 끌어내렸을 터였다. 그러나 실제로는 그러지 않았다. 오히려 그의 설교를 한 마디도 남김없이 듣고 나서도 목사를 더욱더 존경할 따름이었다. 그들은 목사가 스스로 책망하는 그 말속에 얼마나 치명적인 뜻이 숨어 있는지 상상조차 하지 못했던 것이다.

그들은 설교에 감탄하며 서로를 향해 말했다.

"참으로 믿음이 깊은 분이야! 이 땅의 성자나 다름없어. 자신의 해맑은 영혼 속에서도 저렇게 많은 죄를 찾아내니, 자네나나 따위의 영혼에서는 얼마나 끔찍한 죄악이 보이겠는가?"

딤스데일 목사의 방 안 벽장에는 피 묻은 회초리가 들어 있었다. 그는 이따금 이 회초리로 자신의 어깨를 마구 내리쳤다. 매질을 하면서 자신을 몹시 비웃었고, 비웃었기 때문에 더욱 모질게 매질을 했다. 또한 그는 믿음이 두터운 여느 청교도들과 마찬가지로 금식을 하는 습관이 있었다. 며칠 동안 쉬지 않고 밤을 지새우기도 했는데, 어떤 때는 밤새도록 불을 환히 밝혀 놓고 거울에 비친 자신의 얼굴을 똑바로 바라보았다. 이렇듯 철저한 반성으로 자신을 괴롭혔지만, 그렇다고 몸과 마음이 정결해지는 것은 결코 아니었다.

어느 날 밤, 목사는 의자에 앉아 있다가 벌떡 일어섰다. 어떤 생각이 불현듯 머리에 떠올랐던 것이다. 그 생각대로 하면 잠시나마 마음이 평온해질 것만 같았다. 그는 예배에 참석할 때처럼 정성껏 옷을 차려입고는 조용히 계단을 내려가 문을 열고 밖으로 나갔다.

딤스데일 목사는 꿈속을 거니는 듯한 발걸음으로 어디론가 향했다. 그가 다다른 곳은 칠 년 전 헤스터 프린이 군중 앞에서 치욕을 당했던 바로 그곳이었다. 처형대는 그동안 모진 비바람과 햇볕에 시달려 우중충해졌다. 또한 수많은 죄인이 오르내린 탓에 닳고 닳았지만 여전히 교회 발코니 아래에 자리를 지키고 서 있었다. 목사는 계단을 밟아 처형대 위로 올라갔다.

5월 초순, 칠흑같이 어두운 밤이었다. 시커먼 구름 장막이 하늘 꼭대기에서 지평선까지 온통 뒤덮고 있었다. 헤스터 프린이 벌을 받을 때 모였던 그 사람들이 다시 이 자리에 모인다 해도, 처형대 위에 서 있는 사람의 얼굴은커녕 그 모습의 윤곽조차 알아보기 어려울 것 같았다. 마을 사람들은 깊이 잠들어 있었다. 설령 목사가 동 틀 무렵까지 그곳에 서 있다 하더라도 누구에게든 들킬 염려가 없었다.

그는 무엇 때문에 이 자리에 온 것일까? 헤스터 프린이 치렀던 고행을 흉내 내려고? 그것은 그야말로 흉내 내는 것에 지나지 않았는지도 모른다. 더욱이 그의 영혼은 스스로를 비웃고 있었다. 그는 어디까지나 양심을 짓누르는 죄책감을 견디지 못해 여기까지 온 것이었다. 하지만 죄책감 못지않게 비겁한 마음도 컸다. 그래서 그는 선뜻 고백을 하지도, 죄책감을 떨쳐 버리지도 못한 채 한없이 괴로워했다.

처형대 위에서 갈등하던 딤스데일 목사는 갑자기 두려움에 사로잡혔다. 마치 온 우주가 자신의 심장 위에 있는 주홍빛 표지를 주시하고 있는 듯한 착각에 빠진 것이다. 실제로 그는 이미 오래전부터 누군가 자신의 가슴을 독 묻은 이빨로 물어뜯는 것만 같은 아픔에 시달려 왔다.

목사는 급기야 크게 고함을 지르고 말았다. 그 소리는 밤하늘을 타고 날아가 집집마다 부딪혀 메아리쳤고, 마을 뒷산에까지 울려 퍼졌다. 마치 이곳에 있던 악마들이 그의 목소리를 노리개 삼아 서로 던지고 받는 것 같았다.

"이제 되었다! 온 마을 사람들이 집에서 뛰쳐나와 여기 있는 나를 발견하겠지."

목사는 두 손에 얼굴을 묻으면서 중얼거렸다.

그러나 실제로는 그렇지 않았다. 그의 비명은 그 자신의 귀에만 크게 들린 것 같았다. 마을 사람들은 아무도 잠에서 깨어나지 않았다. 설령 깨어났더라도 아직 졸음에 겨운 사람들은 누군가 무서운 꿈을 꾸었다고 생각하거나 아니면 마녀가 지붕 위를 날아가며 내는 소리라고 착각했을 것이다.

목사는 어느 정도 마음이 가라앉았다. 그런데 얼마 지나지 않아 작은 불빛 하나가 그의 눈에 들어왔다. 저 멀리서 희끄무레하게 빛나던 그 불빛은 길을 따라 다가오고 있었다. 그러면서 저쪽 뜰의 울타리와 이쪽 건물의 기둥을 비추고, 이어서 격자가 달린 창문, 물이 가득 찬 물통과 펌프, 아치형의 대문 등을 차례로 비추었다. 그 불빛과 함께 발소리도 점점 가까이 다가왔다.

딤스데일 목사는 이 발소리를 따라 자신의 운명도 슬며시 다가오고 있다는 것을 직감했다. 조금 뒤에는 저 등불이 자신을 비추어, 오랫동안 숨겨 온 비밀을 들추어내리란 것도 각오하고 있었다. 그는 그 자리에 꼼짝 않고 서서, 불빛이 비추는 것들을 하나하나 주시했다.

불빛이 좀 더 가까이 오자, 딤스데일 목사는 빛이 그리는 원 안에서 윌슨 목사의 모습을 발견했다. 그가 짐작컨대 윌슨 목사는 누군가가 임종하는 자리에서 마지막 기도를 올리고는 집으로 돌아가는 모양이었다. 그것은 사실이었다. 이 나이 지긋한 목사는 윈스럽 장관의 임종을 보고 돌아오는 길이었다.

윌슨 목사는 한 손으로 검은색 외투를 바짝 당겨 여미고 다른 손으로는 등불을 가슴 위까지 들어 올린 채 처형대 앞을 지나쳐 가려 했다. 그 순간, 딤스데일 목사는 그에게 말을 건네고 싶은 마음을 가까스로 내리눌렀다. 다행히도 윌슨 목사는 발밑의 진흙길을 조심조심 살피며 걸어갈 뿐, 처형대 쪽으로는 눈도 돌리지 않았다.

잠시 후, 딤스데일 목사의 머릿속에는 이상한 환상이 자리 잡았다. 그는 추운 밤공기에 팔다리가 뻣뻣해지는 것을 느끼면서, 과연 자신이 처형대에서 내려갈 수 있을지 의심했다. 날이 밝아와도 그 자리에 그대로 서 있을 것만 같았다.

그의 상상은 꼬리를 물고 이어졌다. 이윽고 마을 사람들이 일어나 밖으로 나오겠지. 제일 먼저 나온 사람이 처형대 위에 서 있는 희미한 형상을 발견할 게다. 그 모습에 놀라 집집마다 다니며 문을 두드리면서 처형당한 죄인의 유령을 보라고 외치겠지. 그러면 나이 든 남자들이 겉옷을 걸치고 나올 것이다. 아낙네들은 잠옷 차림 그대로 뛰쳐나올 것이고, 다들 허둥지둥 이곳으로 모여들겠지. 벨링엄 장관은 예의 그 엄격한 표정으로 나타날 테고 윌슨 목사는 착한 성자들의 꿈을 꾸다가 이른 새벽에 잠이 깬 탓에 몹시 언짢은 표정으로 나타날 것이다. 교회의 집사와 장로들도, 딤스데일 목사를 받들던 젊은 처녀들도 정신없이 달려올 테지. 그래서 마침내 온 마을 사람들이 모여들어 얼빠진 표정으로 처형대 위를 바라볼 것이다. 그곳에 누가 서 있겠는가? 헤스터 프린이 섰던 그 자리에 서 있는 사람은 바로 아서 딤스데일 목사가 아닌가! 그가 뻣뻣이 얼어붙은 몸으로 부끄러워 어쩔 줄 모르고 서 있지 않은가.

목사는 기괴한 환상에 빠져 넋이 나간 나머지 자기도 모르게 큰 소리로 웃음을 터뜨렸다. 바로 그때였다. 그의 웃음소리에 응답이라도 하듯 어린아이의 경쾌한 웃음소리가 들려왔다. 목사는 그것이 펄의 목소리라는 걸 알아차렸다.

"오, 귀여운 펄!"

목사가 크게 외치고는 다시 목소리를 낮추어 말했다.

"헤스터, 헤스터 프린! 거기에 있소?"

"네, 나예요. 헤스터 프린이에요!"

헤스터가 놀란 목소리로 대답했다. 곧 목사가 있는 쪽으로 다가오는 발소리가 들렸다.

"어디서 오는 길이오? 웬일로 여기까지 왔소?"

"윈스럽 장관이 돌아가셔서요. 그 댁에서 수의의 치수를 재 가지고 집으로 가는 길이에요."

"헤스터, 이리 올라와요. 펄도 같이. 당신과 펄은 이곳에 올라온 적이 있지. 하지만 그때 나는 당신 곁에 서 있지 않았어. 자, 한 번만 더 올라와요. 우리 셋이 함께 섭시다."

헤스터는 말없이 펄의 손목을 잡고 계단을 올라 처형대 위에 섰다. 목사는 아이의 다른 손을 더듬어 잡았다. 손을 잡는 순간, 새로운 생명이 그의 심장으로 세차게 흘러 들어가 핏줄을 타고 온몸으로 퍼져 나가는 것 같았다. 반쯤 마비된 그의 몸에 두 사람이 따뜻한 기운을 불어넣은 느낌이었다. 세 사람은 전깃줄에 전류가 흐르듯 서로 생명이 통했다.

펄이 웃으며 목사의 손을 뿌리치려고 했다. 하지만 목사는 아이의 손을 꼭 쥔 채 놓아주지 않았다.

"펄, 이대로 잠시만 더 있자."

그가 말했다.

"그럼 약속해 주시겠어요? 내일 낮에 내 손이랑 엄마 손을 또 잡아 주시겠다고요."

펄이 물었다.

"안 된다. 내일은……. 다음에 그렇게 하자꾸나."

"다음 언제 말이에요?"

펄이 끈질기게 물었다.

"마지막 심판의 날에……."

목사가 속삭였다. 자신이 진리를 가르치는 사람이라는 생각에 불쑥 튀어나온 말이었다.

"심판의 날에는 너와 엄마와 내가 함께 심판대에 서야 한단다. 하지만 이 세상의 햇빛 아래서 우리가 같이 서는 일은 없을 거야."

그러자 펄이 다시 웃었다.

목사가 미처 말을 끝내기도 전에, 구름으로 덮인 하늘 저 멀리서 빛줄기 하나가 번쩍 하고 나타났다. 별똥별이었다. 그 빛은 아주 강렬해서 하늘과 땅 사이에 있는 두터운 구름층을 환히 비추었다. 그 빛 아래 목사는 가슴에 손을 얹고 서 있었다. 헤스터 프린은 엷은 빛을 내는 주홍 글씨를 가슴에 달고 서 있었다. 그리고 펄은 두 사람을 잇는 상징과도 같았다. 이렇게 세 사람은 기이하고도 엄숙한 빛줄기 속에 서 있었다.

목사를 올려다보는 펄의 얼굴은 마치 꼬마 요정 같았다. 눈동자에는 마력이 깃들어 있었고, 입가에는 장난기가 가득했다. 아이는 목사의 손에 잡혀 있던 자신의 손을 빼내어 길 건너편을 가리켰다. 그러나 목사는 가슴 앞에 두 손을 모은 채 하늘 꼭대기를 우러러볼 뿐이었다. 그는 하늘에서 은은한 붉은빛으로 타오르는 'A'를 보았다. 그것은 모양이 뚜렷하지 않은 별똥별에 지나지 않았지만, 그의 눈에는 분명히 'A'로 비쳤다. 아마 다른 죄가 있는 사람이 그것을 보았다면 'A'가 아닌 다른 모양으로 비쳤을 것이다.

이 순간, 딤스데일 목사의 심리 상태를 말해 주는 기이한 일이 벌어졌다. 그는 하늘을 쳐다보는 내내 펄이 손가락으로 로저 칠링워스를 가리키는 것을 분명히 의식했다. 기적 같은 글자를 보면서 동시에 늙은 의사를 보고 있었던 것이다. 늙은이의 얼굴 역시 별똥별의 빛을 받아 색다른 표정을 띠었다. 그의 표정은 평소와는 달리 딤스데일 목사에 대한 악의를 노골적으로 드러내고 있었다.

"헤스터, 저 사람은 누구요? 저 사람을 보니 치가 떨리는구려! 난 왠지 모르게 저 사람이 싫소!"

목사가 공포에 휩싸여 숨을 몰아쉬면서 물었다.

헤스터는 지난날 감옥에서 로저 칠링워스와 약속한 것을 떠올리며 잠자코 있었다.

어느새 처형대 아래로 다가온 의사가 입을 열었다.

"이봐요, 선생……. 아니, 딤스데일 목사님이 아니십니까? 이것 참, 책에만 정신이 팔린 우리 같은 학자들은 필시 누군가 돌봐 줄 사람이 필요하다니까. 깨어 있어도 꿈을 꾸고, 자면서도 걸어 다니니 말이오. 목사님, 이제 갑시다. 내가 집까지 바래다드리리다."

"내가 이곳에 있는 줄 어떻게 아셨지요?"

목사가 겁에 질려 물었다.

"사실은 전혀 모르고 있었어요. 나는 존경하는 윈스럽 장관님의 침상 옆에서 보잘것없는 의술이나마 도움이 될까 싶어 밤을 보냈거든요. 장관님의 임종을 보고 돌아오는데, 마침 이상한 불빛이 눈에 띄지 않겠어요? 자, 어서 갑시다, 목사님. 내일이 안식일인데, 자칫하다간 설교도 제대로 하지 못하겠소. 이제 책은 좀 덜 읽으시고 쉬셔야겠어요. 그러지 않으면 밤중에 나타나는 이런 습관이 고질병이 되고 맙니다."

"그래요. 같이 집으로 갑시다."

목사는 마치 악몽에 시달려 기운이 빠진 사람처럼 로저 칠링워스의 손에 이끌려 집으로 갔다.

이튿날 목사는 지금껏 그가 했던 어떤 설교보다도 내용이 풍부하고 힘차며, 영적인 힘으로 가득한 설교를 했다.

그가 설교를 끝내고 강단에서 내려올 때였다. 수염이 희끗희끗한 교회 관리인이 목사에게 다가와 검은 장갑 한 짝을 내밀었다. 그것은 목사가 끼던 장갑이었다.

교회 관리인이 말했다.

"오늘 아침 처형대 위에서 이걸 주웠습니다. 아마도 악마가 목사님에게 상스러운 장난을 치려고 거기에 떨어뜨려 놓았나 봐요. 하지만 악마란 예나 지금이나 어리석기 짝이 없는 놈들이에요. 순결한 손은 장갑 따위로 가릴 필요가 없다는 걸 모르니 말입니다."

"고맙소."

목사는 침착하게 대답했으나 내심 놀라지 않을 수 없었다. 그는 간밤에 있었던 일들이 환상처럼 느껴져, 희미한 기억을 더듬어 가며 말했다.

"음, 정말 내 장갑이군."

"하지만 악마가 이걸 훔치고 싶어 하는 모양이니, 앞으로 목사님은 장갑 없이 맨손으로 그놈을 다루셔야 할 것 같습니다."

늙은 교회 관리인은 짓궂게 미소 지으며 덧붙였다.

"그런데 목사님, 혹시 어젯밤에 나타난 징조에 대해 들으셨습니까? 하늘에 붉고 커다란 'A'가 나타났다고 합니다. 저희는 그

것이 '천사(angel)'를 뜻하는 머리글자일 거라고 풀이했어요. 존
경하는 윈스럽 장관님이 바로 그 시간에 천사가 되셨을 테니까
요."
  "아니오. 난 그런 말을 듣지 못했소."
  목사가 대답했다.

제 10 장
헤스터의 힘

헤스터 프린은 지난밤 우연히 딤스데일 목사와 만났을 때, 목사의 상태를 보고는 적잖이 놀랐다. 그의 몸이 몹시 쇠약해진 것 같았기 때문이다. 정신력 역시 어린애보다도 약해 보였다.

헤스터는 세상이 모르는 그의 비밀을 알고 있었기에, 목사 자신이 당연히 느끼는 양심의 가책 말고도 무언가가 그의 건강과 안정에 영향을 끼치고 있다고 판단했다. 그리고 자신이 목사를 도와야 한다는 결론을 내렸다. 그녀는 오랫동안 사회에서 떨어져 산 탓에 세상에서 선과 악의 기준을 어떻게 정하는지는 몰랐지만, 자신만큼은 목사에 대해 책임을 져야 한다고 생각했다. 헤스터와 딤스데일 목사는 끊으려야 끊을 수 없는 죄의 사슬로 이어져 있었다. 여기에는 의무가 따르는 법이었다.

이제 헤스터 프린의 처지는 처형대 위에서 치욕을 겪었던 때와는 많이 달라져 있었다. 어느덧 세월이 흘러 펄은 일곱 살이 되었다. 화려하게 수놓은 주홍 글씨를 가슴에 단 그녀도 사람들의 눈에 익은 지 오래였다.

사람이 어떤 모습으로든 다른 사람들과 두드러지게 구별이 된다 하더라도, 남을 방해하거나 해를 끼치지 않는다면 일종의 존경까지 받을 수 있다. 헤스터 프린 역시 그러했다. 본래 인간의 본성이란 이기심이 일지 않는 한, 남을 미워하기보다는 사랑하기가 쉽다는 장점을 갖고 있다. 처음에 미워했던 마음이 있었다 해도 끊임없이 새로운 자극을 받지만 않는다면 서서히 사랑으로 변하는 것이다.

그녀는 남들과 싸우지 않았고, 푸대접을 받아도 불평 한마디 하지 않고 견뎠다. 억울한 일을 겪어도 보복하려 들지 않았을뿐더러 자신이 받은 고통의 대가로 세상에 대해 무언가를 요구하지도 않았다. 그렇다고 세상 사람들의 동정에 기대지도 않았다. 더욱이 사회에서 소외되어 사는 동안 깨끗한 생활을 유지했다는 사실이 그녀에게는 매우 유리했다. 그녀는 아무것도 잃을 것이 없고 무엇을 얻으려는 희망도, 욕망도 없는 방랑자나 다름없었다. 그런 그녀가 세상을 올바르게 살 수 있었던 것은 오로지 미덕을 우러러보는 순수한 마음 덕분이었을 것이다.

그녀는 비록 가진 것이 별로 없었으나 가난한 사람을 보면 서슴지 않고 자기 것을 나누어 주었다. 사나운 전염병이 마을에 퍼졌을 때에도 헤스터처럼 헌신적으로 봉사한 사람은 없었다. 그녀는 재난이 있는 곳이라면 어디서든 자신이 할 일을 찾아냈다. 걱정거리로 침울해진 집안에는 손님으로서가 아닌 어엿한 식구로서 찾아가 문을 두드렸다. 마치 불행의 그림자가 매개체가 되어 그녀와 사람들을 이어 주는 듯했다.

불행이 있는 곳에서는 그녀의 주홍 글씨가 세상의 빛과는 다른 빛을 내어 사람들의 마음을 흐뭇하게 해 주었다. 다른 곳에서는 주홍 글씨가 죄의 상징이었지만 병실에서는 방을 밝히는 촛불이었다. 환자가 임종을 맞을 때에도 그것은 시간의 한계를 넘어 저 세상에까지 그 빛을 던져 주었다. 어떤 위급한 상황에서도 헤스터의 손길은 다정하고 포근했다.

치욕의 징표를 단 그녀의 가슴은 베개를 필요로 하는 사람에게는 더없이 부드러운 베개가 되어 주었다. 그녀는 스스로 임명한 '자선 간호 수녀'였다. 아니면 세상의 가혹한 손길이, 사람들이나 그녀가 꿈에도 생각지 못한 사이에 그런 직책을 부여했는지도 모른다.

주홍 글씨는 그녀의 소명을 상징했다. 일을 하는 힘도, 남을 동정하는 마음도 강했기 때문에 많은 사람들은 이제 주홍 글씨 'A'를 본래의 뜻(adultery, 간통·불륜—옮긴이)대로 해석하려 들지 않았다. 그들은 주홍 글씨 'A'가 '유능한(able)'과 같은 뜻이라고 풀이했다. 헤스터 프린이 보여 준 강한 힘은 그렇게 일컬어질 만했다.

오직 어둠이 깃든 집만이 그녀를 불러들일 수 있었다. 햇빛이 다시 그 집을 비추면 그녀는 이미 떠나고 없었다. 그녀의 그림자는 문지방 너머로 조용히 사라져 갔다. 정성 어린 그녀의 보살핌을 고맙게 여기는 사람들이 감사의 뜻을 표현하려 해도 그녀는 뒤도 돌아보지 않고 가는 것이었다. 그들을 길에서 만나더라도 인사를 받지 않으려고 고개를 숙인 채 지나갔다. 그래도 굳이 인사를 하겠다고 다가오면 그녀는 손가락을 들어 주홍 글씨를 가리키곤 했다. 어쩌면 이런 태도는 그녀의 자존심에서 비롯했는지도 모른다. 하지만 사람들은 그것을 겸손이라 여기고 흐뭇해 했다.

어느덧 마을 사람들은 헤스터 프린이 지난날 마음이 약했던 탓에 잘못을 저질렀던 것이라고 생각하고 그녀를 용서했다. 나아가 헤스터가 달고 다니는 주홍 글씨가 죄를 나타내는 징표가 아닌, 그 뒤로 그녀가 행한 숱한 선행의 징표로 보았다.

그들은 다른 지방에서 온 사람들에게 이렇게 말하곤 했다.

"저기 주홍빛 글씨를 단 여자가 보입니까? 바로 우리 마을에 사는 헤스터랍니다. 가난한 사람들에게 무척 친절하고 병든 사람들에게 도움을 베풀며, 괴로운 사람에게 큰 위로가 되어 주는 여자이지요."

간혹 남의 얘기를 즐겨 하는 사람들은 그녀의 과거에 대해 수군거리기도 하였다. 하지만 그들의 눈에도 주홍 글씨는 수녀의 목에 걸린 십자가와 다름없어 보였다. 주홍 글씨는 일종의 신성함을 띠고 있어, 어떤 위험한 상황에서도 그녀를 지켜 주었다. 아마 그녀가 도적떼를 만났다 하더라도 무사했을 것이다. 사람들 사이에서는 이런 이야기도 떠돌았다. 어느 인디언이 주홍 글씨를 겨누고 화살을 쏘아 맞혔는데, 화살이 그녀에게는 아무런 상처도 입히지 않고 떨어졌다는 이야기였다.

주홍 글씨는 헤스터에게 이처럼 특별한 지위를 부여했을 뿐만 아니라 그녀의 마음에도 절대적인 영향을 미쳤다.

푸른 나뭇잎처럼 발랄하던 성격은 붉은 낙인에 찍혀 시들어 버린 지 오래였고, 남은 것은 앙상한 가지뿐이었다. 겉모습 역시 비슷한 변화를 겪었다. 소박한 옷차림이 그러했고, 풍성하게 물결치며 빛나던 머리카락은 싹둑 자른 것인지, 모자 속에 감춘 것인지 한 오라기도 볼 수가 없었다. 몸매는 여전히 조각처럼 아름다웠지만 매력적인 모습은 찾아볼 수 없었다.

이러한 변화는 혹독한 시련을 겪은 여자에게 나타나는 당연한 결과인지도 모른다. 만약 그녀의 성품이 그저 부드럽기만 했다면 지금처럼 살아남지도 못했을 것이다.

헤스터는 대리석같이 차디찬 인상을 풍겼다. 그것은 그녀의 생활이 열의와 감정으로 가득 찬 것에서 사색적인 것으로 옮아갔기 때문이었다. 그녀는 세상에서 고립된 채 혼자의 힘으로 어린 딸을 키우며 살아왔다. 예전의 자리를 되찾으려는 희망도 없이, 그녀는 사회와의 연결 고리를 마음에서도 끊어 버렸다. 이 세상의 법률은 이제 그녀의 정신에 맞지 않았다.

그러나 세상은 변화하고 있었다. 그 시대에는 인간의 지성이 해방되어 몇 세기 전보다 훨씬 활발하게 움직이고 있었다. 군인들은 귀족과 군주를 타도했고, 용감한 일부 지식인들은 구시대의 낡은 편견을 뒤집어엎고 재정비하였다.

헤스터 프린은 바로 이 새로운 정신을 흡수했다. 즉 대서양 저쪽 유럽에서 이미 널리 퍼져 있던 자유 정신을 본받았다. 이런 사상적인 자유는 당시로서는 주홍 글씨로 표현되는 죄를 넘어서는 무서운 죄로 여겨졌다. 따라서 뉴잉글랜드의 어느 집에도 찾아오지 못한 사상이 그녀가 사는 바닷가 오두막집에 찾아든 셈이었다.

가장 대담한 생각을 하는 사람들이 이따금 사회의 외부 규칙을 순순히 따른다는 것은 주목할 만한 사실이다. 그들은 사상만으로도 만족하므로 반드시 실천으로 옮길 필요를 느끼지 않기 때문이다. 헤스터도 그러했다. 그러나 펄이 태어나지 않았다면 상황은 완전히 달라졌을지도 모른다. 그녀는 한 종파의 창시자가 되어 역사적인 인물로 남았을 수도 있다. 어떤 면에서 헤스터는 예언자가 되었을지도 모른다. 그랬다면 당시의 엄격한 법률은 그녀가 청교도의 기본 정신을 무너뜨리려는 흉계를 꾸몄다는 이유로 그녀를 사형에 처했을지도 모르는 일이다.

헤스터는 여성 전체의 운명에 대해서도 종종 의문을 떠올렸다. 가장 행복한 여성이라 할지라도 그녀에게 삶이란 과연 받아들일 만한 가치가 있는 것일까? 자신의 삶에 관한 한 헤스터는 이미 오래전에 그렇지 않다고 결론을 내리고 새삼 문제 삼을 필요조차 느끼지 않았다.

헤스터는 다음과 같은 생각을 하고 있었다.

먼저 사회의 모든 조직을 부숴 버리고 새로이 세워야 한다. 남성과 여성의 타고난 성질로 규정된 오랜 관습도 근본부터 뜯어고쳐야 한다. 그래야 비로소 여성은 정당하고 적절한 지위를 차지할 수 있을 것이다.

그런데 모든 어려움을 없앤다 하더라도 여성 스스로 커다란 변화를 일으키지 않는다면 그러한 개혁의 도움을 얻을 수 없을 것이다. 하지만 여성 자체가 변화했을 때, 여성의 참다운 생명력이 깃든 오묘한 본질은 사라져 버릴 수도 있다.

여성이 사상으로 이런 문제를 해결할 수는 없다. 이런 문제를 해결하려면 여성 특유의 따뜻하고 아름다운 마음이 앞서야 할 것이다.

하지만 헤스터 프린은 감정이 정상적으로 활동하지 못했던 탓에, 마치 어두운 미로 속을 헤매듯 마음의 갈피를 잡지 못한 채 방황해 왔다. 때로는 도저히 넘을 수 없는 장벽을 만나 방향을 바꾸었고, 깊은 늪에 다다라 놀라서 되돌아오기도 했다. 그녀의 주변에는 황량하고 어두운 풍경이 있을 뿐, 단란한 가정 같은 것은 찾아볼 수가 없었다. 그녀는 이따금 무서운 생각에 사로잡히기도 했다. 차라리 펄을 저 세상으로 보내 버리고, 자신도 영원한 심판이 정하는 대로 세상을 뜨는 것이 낫지 않을까 하는 생각이었다.

결국 주홍 글씨는 본연의 임무를 다하지 못한 셈이었다.

그런데 딤스데일 목사와 만난 밤 이후로 헤스터에게는 생각해야 할 새로운 문제가 생겨났다. 그녀는 그 문제를 해결하기 위해서라면 어떤 노력과 희생도 감수하겠다고 마음먹었다.

그녀는 처참하리만큼 허덕이고 있는 목사의 모습을 보았다. 그녀가 보기에 목사는 미치기 일보 직전 상태였다. 남몰래 뉘우치는 마음의 고통은 얼마나 컸을 것인가. 그리고 고통을 덜어 준다던 사람이 도리어 그 아픈 가슴에 치명적인 독을 넣고 있다는 사실은 의심할 여지가 없었다. 친구의 탈을 쓴 원수가 항상 곁에 붙어 있으면서, 기회가 있을 때마다 목사의 나약한 몸과 마음을 농락하고 있었다.

마침내 헤스터 프린은 딤스데일 목사를 로저 칠링워스의 계획대로 되도록 내버려두지는 않겠다고 결심했다. 그동안 모진 시련을 겪은 만큼 그녀는 더욱 단단해졌으며, 지위도 높아졌다. 반면 늙은 로저 칠링워스는 복수에 정신이 팔려 스스로 허리를 굽혔기 때문에 그녀와 같은 지위이거나 더 낮은 지위로 떨어져 있었다.

헤스터 프린은 전 남편을 만나기로 마음먹었다. 그의 손아귀에 들어 있는 불쌍한 목사를 구하기 위해 온 힘을 기울이기로 한 것이다. 그 기회를 찾아내기까지는 그리 오랜 시간이 걸리지 않았다. 어느 날 오후 그녀가 펄과 함께 외딴 곳을 거닐고 있을 때였다. 늙은 의사가 한쪽 팔에 바구니를 걸치고 다른 쪽 손에는 지팡이를 든 채, 약초를 찾느라 허리를 구부리고 걸어가는 것이 보였다.

제 11 장

악마와의 대화

헤스터는 펄에게 물가로 가서 조개껍질이나 해초를 갖고 놀고 있으라고 일렀다. 펄은 조그맣고 하얀 맨발을 드러낸 채 질퍽한 바닷가로 찰박거리며 뛰어갔다.

펄이 자리를 뜨자 헤스터는 의사에게 다가가 말을 건넸다.

"잠깐 드릴 말씀이 있어요. 우리와 관계가 깊은 얘기예요."

그러자 그가 허리를 펴며 대답했다.

"아, 이 늙은이한테 할 말이 있다고요? 누군가 했더니 바로 헤스터 부인이 아니시오? 아무렴, 내 기꺼이 듣겠소! 그러지 않아도 가는 곳마다 당신을 칭찬하는 이야기가 들리더군요. 어제 저녁에도 어느 현명한 관리가 말했소. 회의에서 당신에 관한 문제가 논의되었다고 말이오. 당신의 가슴에 붙은 주홍 글씨를 떼어 버려도 사회에 물의를 일으키지 않겠느냐 하는 것이었소. 그래서 내가 그분에게 그것을 떼어 달라고 특별히 부탁했지요."

"이 징표를 떼는 것은 그들이 좋아하고 싫어하는 데에 달린 것이 아닙니다. 내가 그것을 벗을 자격이 되면 그것은 자연히 떨어져 나가든가, 아니면 다른 의미를 나타내겠지요."

"그게 그렇게 어울린다고 생각하거든 그대로 두구려. 여자는 몸치장에 관한 한 자기가 좋아하는 대로 해야 하니까. 그 글씨는 수놓은 솜씨가 좋아서 당신에게 잘 어울리는군요."

의사가 말을 하는 동안 헤스터는 그를 지그시 바라보았다. 칠년 사이 너무나 크게 변한 모습에 그녀는 충격을 받았다. 나이가 들어 보여서 그런 것은 아니었다. 늙은 티가 나기는 했지만 여전히 강인하고 민첩해 보였기 때문이다. 그러나 헤스터가 기억하는 조용하고 지적인 학자의 모습은 흔적도 없이 사라져 버렸다. 그 대신 무언가를 집요하게 찾고 있는 듯한, 잔인하면서도 몹시 신중한 표정이 역력히 드러났다.

"내 얼굴에 무엇이 있기에 그렇게 뚫어지게 쳐다보는 거요?"
의사가 물었다.

"무언가 나를 울리는 것이 있어요. 내게 아직 눈물이 남아 있다면 말이에요. 하지만 그 얘기는 그만두지요. 내가 말하고 싶은 것은 그 불쌍한 분에 관한 이야기예요."

"그래, 그 사람이 어쨌다는 거요?"

로저 칠링워스가 상기된 얼굴로 외쳤다. 마치 그 말을 기다리기라도 한 듯했다. 게다가 속을 터놓을 수 있는 유일한 사람과 이야기할 기회가 생겨 반가워하는 기색이 역력했다.

"헤스터, 실은 나도 그 사람에 대해 생각하고 있던 참이오. 그러니 망설이지 말고 말해 보시오. 속 시원히 대답해 주리다."

헤스터가 호흡을 가다듬고 말하기 시작했다.

"칠 년 전에 우리가 만나 이야기했을 때 말이에요. 당신은 나와의 관계를 비밀에 부치자고 했지요. 그분의 목숨과 명예가 당신의 손에 달려 있었으니 저로서는 침묵을 지키는 수밖에 별 도리가 없었어요. 하지만 이제는 나 자신을 이렇게 얽어매 두는 것이 과연 잘하는 일이었는지 의심스럽군요. 나는 다른 사람에 대한 의무는 모두 벗어 버렸지만 그분에 대한 의무는 아직 지고 있으니까요. 당신과의 약속을 지키면 그 사람에 대한 의무를 저버리는 셈이 되는 게 아닌가 하는 생각이 들어요.

그날 이후 당신은 누구보다 그분 가까이에 있었어요. 자나 깨나 그 곁에 머무르면서 그분의 머릿속을 샅샅이 뒤지고 있지요. 심지어 가슴속까지 파고들어 상처를 들쑤시면서 말이에요! 당신은 그분의 생명을 움켜쥐고 하루하루 그분을 산송장으로 만들고 있어요. 그런데도 그분은 당신의 정체를 모르고 있습니다. 이런 일을 그대로 덮어 둔다면, 내가 성심껏 받들어야 할 사람을 배신하고 있는 것이 돼요."

"당신인들 별수 있었소? 내가 손가락만 까딱하면 그 사람을 교회 강단에서 감옥으로, 감옥에서 다시 처형대로 몰아낼 수도 있었을 텐데 말이오!"

로저 칠링워스가 차갑게 묻자, 헤스터 프린이 말했다.

"차라리 그랬더라면 좋았을 것을……."

"내가 그 사람에게 무슨 몹쓸 짓이라도 했단 말이오? 헤스터 프린, 분명히 말해 두겠소. 내가 도와주지 않았다면 그 사람의 생명은 당신들이 그 죄를 저지른 지 두 해도 채 못 가서 타 버리고 말았을 거요. 당신에게는 주홍 글씨 같은 무거운 짐을 견뎌 낼 힘이 있었지만, 그 사람에게는 그런 힘이 없었기 때문이오. 나는 그 기막힌 비밀을 폭로할 수도 있었소! 하지만 이 정도로 해 두지. 난 의술로 할 수 있는 것은 그 사람에게 다 해 주었소. 그자가 지금 숨을 쉬며 땅 위를 걸어 다닐 수 있는 것도 다 내 덕분인 줄이나 아시오!"

"그분은 그때 바로 죽어 버리는 편이 나았을 거예요!"

헤스터가 소리쳤다.

로저 칠링워스는 가슴속에서 타오르는 무서운 불꽃을 헤스터의 눈앞에 내뿜으면서 말했다.

"그렇소. 당신 말이 맞소. 진작에 죽었더라면 좋았겠지. 이 세상에서 그자만큼 큰 고통을 겪은 사람은 없을 테니까. 그것도

하필이면 세상에 둘도 없는 원수가 보는 앞에서 말이오. 그자도
이미 나를 의식하고 있었소. 어떤 힘이 마치 저주처럼 자신에게
미치고 있다는 걸 느꼈던 거요. 보이지 않는 손이 자신의 마음
을 헤집고 있다는 것과, 자기를 해치려는 눈초리가 주시하고 있
다는 걸 알아차렸소. 하지만 그 손과 눈이 바로 내 것인 줄은 꿈
에도 모르고 있소.

그는 이웃들이 믿는 미신대로, 자기가 악마에게 사로잡힌 나
머지 죽은 뒤에 겪을 일을 미리 맛보고 있다고 생각하기도 했
소. 무서운 꿈과 가슴을 찌르는 후회, 그리고 용서받을 길이 결
코 없다는 절망감 같은 것들을 말이오. 그러고 보면 그자의 생
각이 옳았소. 악마가 바로 눈앞에 있었으니까. 한때는 나도 인간
다운 감정을 갖고 있었지만, 그자를 괴롭히다 보니 어느새 악마
가 된 것이오!"

"이제 그분을 그만 괴롭혀도 되지 않겠어요? 그분도 이만하면
당신에게 진 빚을 갚은 셈이 아닌가요?"

헤스터가 늙은이의 표정을 살피며 물었다.

"천만에! 빚은 오히려 늘어났소. 헤스터, 당신은 구 년 전의 나
를 기억하오? 그때 나는 이미 인생의 황혼기에 접어들고 있었
지. 그것도 늦은 황혼기였소. 하지만 그때만 해도 내 삶은 진지
하고 성실했으며 평온했소. 난 지식을 갈고 닦으며 나름대로 열
심히 살았소. 또 인류의 행복을 위해서도 성심을 다했소. 아마

나만큼 정직하게 사는 사람은 드물었을 거요. 기억하오? 당신은 나를 냉정하다고 생각했을지 모르지만, 나는 남을 위할 줄 알고 스스로 바라는 것은 없는 사람이었지 않소? 친절하고 열정적이지는 않아도 변함없는 애정을 지니지 않았던가 말이오.”

“모두 맞는 말이에요. 그 이상이었지요.”

“그런데, 지금의 나는 어떻소?”

그는 헤스터의 얼굴을 응시하며 마음속에 감춰 놓았던 악의를 드러냈다.

“아니, 지금 내가 어떻다는 건 이미 말했지. 악마라는 것 말이오. 하지만 그게 다 누구 때문이지?”

“나 때문이에요. 다 나 때문이라고요. 그분보다 내게 더 큰 책임이 있어요. 그런데 왜 나에게는 복수를 하지 않나요?”

헤스터가 바르르 떨면서 물었다.

“난 당신을 주홍 글씨에 맡겼소. 이 글씨가 복수를 해 주지 못한다면 나도 어찌할 도리가 없소.”

그는 음흉하게 웃으며 주홍 글씨에 손가락을 갖다 댔다.

“그래요. 충분히 복수한 거예요.”

헤스터가 대답했다.

“나도 그렇게 생각하오. 그런데 도대체 그자와 관련해서 나를 어떻게 하겠다는 거요?”

그러자 헤스터는 단호하게 말했다.

"나는 그분에게 사실을 밝혀야겠어요. 그분은 당신의 정체를 알아야 해요. 그 결과가 어떻게 될지는 나도 모릅니다. 하지만 내가 오랫동안 짊어지고 있는 신뢰라는 빚을 갚아야 해요. 내가 그분을 파멸로 몰아넣었기 때문이에요. 그분의 명성과 이 세상에서의 위치, 어쩌면 목숨까지도 전부 당신의 손에 달려 있어요. 나는 그분이 소름 끼치도록 공허한 삶을 계속 이어 나가는 것이 과연 무슨 의미가 있는지 모르겠어요. 굳이 당신에게 무릎을 꿇고 자비를 구하지는 않겠습니다. 그분에 대해서는 당신이 하고 싶은 대로 하세요. 그분에게도, 나나 당신에게도, 그리고 펄에게도 결코 이로운 일은 없을 겁니다. 우리가 이 처참한 구렁텅이에서 빠져나갈 길은 없으니까요!"

"헤스터, 측은한 생각마저 드는군."

로저 칠링워스가 감동에 젖은 말투로 말했다. 그녀가 보여 준 절망 속에는 장엄에 가까운 무언가가 깃들어 있었기 때문이다.

"당신은 천성이 훌륭한 여자요. 일찍이 나보다 나은 남편을 만났더라면 이런 불행은 없었을 것을……. 타고난 훌륭한 성품을 헛되이 낭비하고 말았구려. 정말이지 당신이 가엾소."

"저 역시 당신을 가엾게 생각해요. 현명하고 올곧은 당신이 증오심 때문에 악마처럼 변해 버렸으니……. 이제라도 그 마음을 깨끗이 씻고 인간다운 인간이 되어 주세요. 그분을 위해서가 아닌, 당신 자신을 위해서라도 말이에요. 부디 그분을 용서하고 그 이상의 벌은 하나님의 뜻에 맡기세요. 그렇게 하면 당신에게는 이로울지도 몰라요. 지금까지는 억울한 일을 당했지만, 이제는 오로지 당신의 뜻에 따라 용서를 베풀 수 있으니까요. 하나밖에 없는 특권을 포기하실 건가요? 무엇과도 바꿀 수 없는 그 권리를 말이에요."

"그만, 헤스터, 그만하시오."

노인은 침울하고도 엄격한 목소리로 말했다.

"내게는 용서할 권리가 없소. 당신이 말하는 그런 힘이 내게는 없단 말이오. 당신은 이미 발을 잘못 내디뎌 죄의 씨앗을 뿌렸소. 어쩌면 당신이 죄를 지었다는 생각도 망상에 지나지 않소. 나는 악마의 역할을 하고 있지만 결코 악마는 아니오. 이 모든 것은 우리의 운명일 뿐이오. 당신은 당신의 길을 가시오. 그리고 그 사람에 대해서는 당신이 하고 싶은 대로 하시오."

그는 손을 흔들고는 다시 약초를 캐기 시작했다.

제 12 장

개울이 들려주는 말

로저 칠링워스는 헤스터 프린과 헤어지자 다시금 허리를 꾸
부정하게 구부린 채 걸어갔다. 그는 여기저기에서 약초를 캐서
바구니에 담았다. 그가 앞으로 기다시피 걸어갈 때 그의 희끗희
끗한 수염은 길게 늘어져 땅바닥에 거의 닿을 듯했다.

헤스터는 그의 뒷모습을 바라보며 기이한 환상에 사로잡혔
다. 그의 발이 닿는 곳마다 이른 봄의 여린 풀들이 누렇게 시들
고 말아, 초록빛 풀밭을 가로지르는 갈색 발자국이 줄줄이 생겨
나지나 않을까 하는 환상이었다.

그녀는 늙은이가 저토록 부지런히 뜯어 모으는 풀은 도대체
어떤 것일까 하고 의아해 했다. 혹시 대지가 그의 눈에서 뿜어

나오는 독기에 영향을 받아, 그의 손이 닿는 곳마다 이름 모를 독초를 돋아나게 하는 건 아닐까?

"벌 받을 소리인지는 몰라도, 난 저 늙은이가 미워 죽겠어!"

헤스터 프린은 그에게서 눈을 떼지 못한 채 씁쓸한 표정으로 중얼거렸다.

그녀는 이런 감정에 사로잡힌 자신을 책망했다. 하지만 그 감정을 이겨 낼 수도, 없앨 수도 없었다. 그래서 먼 지방에서 지냈던 옛일을 돌이켜보았다. 그 무렵 그는 서재에 틀어박혀 있다가 저녁때가 되면 나와서 난롯가에 앉아 아내의 상냥한 미소를 바라보곤 하였다. 그는 오랫동안 홀로 책 속에 묻혀 있으면 차가움을 느낀다고 말했다. 그리고 그런 느낌을 몰아내려면 헤스터의 따스한 미소에 젖을 필요가 있다고 설명했다.

한때 행복하다고 여겼던 그 일들이 이제는 어두운 추억에 지나지 않았다. 어떻게 그 사람과 결혼을 하게 되었는지, 그녀는 도무지 이해할 수가 없었다. 헤스터는 더욱 쓰디쓴 표정으로 되뇌었다.

"정말이지, 난 저 사람이 끔찍이도 싫어. 저 사람은 나를 속였어. 내가 자기에게 한 것보다 더 몹쓸 짓을 내게 저지른 거야."

로저 칠링워스가 사라지자 헤스터는 아이를 불렀다.

"펄, 펄, 어디 있니?"

펄은 늘 그렇듯 이리저리 돌아다니며 노느라 바빴다. 그래서 엄마가 약초를 캐는 사람과 이야기하는 동안에도 심심한 줄을 몰랐다. 아이는 웅덩이에 비친 제 얼굴을 보며 놀다가 자작나무 껍질로 작은 배를 만들어 바다로 띄워 보냈다. 참게와 불가사리 몇 마리를 산 채로 잡았고, 해파리를 잡아서 따뜻한 햇볕에 내놓아 녹아 버리게 하였다. 밀려오는 파도의 거품을 걷어 산들바람 결에 휘날렸다가, 그것이 눈송이처럼 흩어져 땅에 닿기 직전에 잡으려고 날쌔게 쫓아가기도 했다. 이 장난꾸러기 아가씨는 바위 위에 내려앉은 물새들을 보자 치맛자락에 조약돌을 가득 주워 담았다. 그러고는 작은 새를 몰래 뒤쫓아 가서는 자못 능숙한 솜씨로 돌을 던졌다.

펄은 마지막으로 갖가지 해초를 모으며 놀았다. 그것으로 목도리며 외투, 머리띠 같은 것을 만들어, 자기가 인어 공주라도 되는 양 치장을 했다. 그런 다음 거머리말을 뜯어서 엄마의 가슴에서 보던 장식을 본떠 자기 가슴에 달았다. 그 장식은 바로 'A'였다. 다만 주홍 글씨가 아닌 초록 글씨였다.

마침 그때 엄마의 목소리가 들려왔다. 펄은 가볍고 재빠른 걸음으로 헤스터 앞에 나타났다. 그러고는 손가락으로 가슴의 초록 글씨를 가리키며 생긋 웃었다. 헤스터는 아이의 모습을 지그시 바라보다가 조용히 말했다.

"펄, 네가 가슴에 단 그 장식은 아무 뜻도 없는 거란다. 넌 엄마가 늘 달고 다니는 이 글씨의 뜻이 무엇인지 아니?"

"네, 알아요. 대문자 'A'에요. 엄마가 알파벳 책에서 가르쳐 주었잖아요."

펄이 대답했다.

헤스터는 말없이 아이의 얼굴을 바라보았다. 그러다 문득, 펄이 이 글씨에 대해 얼마나 알고 있는지 확인해 보고 싶었다.

"엄마가 왜 이 글씨를 달고 있는지 아느냔 말이야."

"알아요. 그건 목사님이 언제나 가슴에 손을 얹고 있는 이유랑 같아요."

펄이 또렷한 눈빛으로 엄마의 얼굴을 올려다보며 말했다. 헤스터는 아이의 엉뚱한 생각에 미소를 지었으나 이내 안색이 창백해지며 물었다.

"이 글씨하고 목사님의 가슴하고 무슨 상관이 있는데?"

"글쎄요. 엄마, 난 그것밖에 모르겠어요. 아까 엄마랑 얘기하던 할아버지한테 물어봐요. 아마 그 할아버지는 알 수 있을 거야. 그런데 엄마, 이 글씨가 정말 무슨 뜻이에요? 왜 그걸 달고 다녀요? 목사님은 왜 손을 자꾸만 가슴에 갖다 대는 거야?"

펄은 엄마의 손을 붙들고 얼굴을 올려다보며 연달아 질문을 던졌다.

펄의 얼굴을 바라보던 헤스터는 어느새 펄이 많이 달라져 있다는 사실을 깨달았다. 이제는 이 영리한 딸이 엄마의 친구가 될 수 있고, 서로 어색하지 않게 엄마의 슬픔을 나눌 수도 있으리라는 생각이 스쳤다. 펄의 변덕스러운 성격 중에는 어떤 일에도 굽히지 않는 용기와 굳은 의지가 엿보였다. 그리고 자존심도 있어서, 잘 가꾸어 나가면 훌륭한 긍지로 자리 잡을 만했다. 게다가 아직 설익은 과일 같기는 했지만 애정도 숨어 있었다.

하지만 헤스터는 한편으로 펄이 자신에게서 나쁜 성질도 물려받았을 거란 생각이 들었다. 아이가 커 감에 따라 훌륭한 성품과 함께 나쁜 성질도 자라날 것 같아 걱정이 되었다.

헤스터가 이런 생각에 잠겨 있는 동안 펄은 조금 전에 던진 질문을 두 번, 세 번 되풀이하고 있었다. 헤스터는 뭐라고 대답을 해야 할지 몰라 망설였다. 그러나 이내 결정을 내린 듯 입을 열었다.

"바보같이 그런 걸 왜 묻니? 이 세상에는 아이들이 알면 안 되는 일도 많이 있는 거야. 엄마가 목사님의 가슴속을 어떻게 알겠니? 그리고 주홍 글씨는 엄마가 금색 실을 좋아해서 달고 있는 거란다."

그러나 펄은 그 질문을 그냥 흘려 버리지 않았다. 엄마와 집으로 돌아가는 길에서, 저녁을 먹을 때, 그리고 잠자리에 들 때까지 묻고 또 묻고 했다. 까만 눈동자에 장난기를 가득 담고서 말이다.

"엄마, 주홍 글씨의 뜻이 뭐예요?"

다음 날 아침에는 눈을 뜨자마자 베개에서 머리를 들고는 또

물었다.

“엄마, 엄마! 목사님은 왜 늘 가슴에다 손을 대는 거죠?”

급기야 헤스터는 버럭 화를 내며 아이를 나무랐다.

“시끄러워, 이 말썽꾸러기! 엄마를 놀리는 거냐? 다시 그랬단 봐라. 캄캄한 데다 넣고 가둬 버릴 테다!”

헤스터는 딤스데일 목사에게 그와 친하게 지내고 있는 의사의 정체를 알려 주어야겠다고 거듭 결심했다. 지금 아무리 큰 고통을 겪더라도, 또한 앞으로 어떤 결과에 부딪히게 되더라도 말이다. 그녀는 목사가 날마다 바닷가와 그 근처의 숲을 산책한다는 것을 알고 있었다. 그래서 목사가 산책할 때를 틈타 이야기를 해 보려고 며칠 동안 기회를 엿보았다.

그러던 어느 날, 헤스터는 어느 환자의 집에서 시중을 들고 있었다. 그 집은 딤스데일 목사가 초청을 받아 기도를 드려 준 적이 있는 집이었다. 거기서 그녀는 목사가 기독교로 개종한 인디언들과 함께 사는 엘리엇 전도사를 만나러 하루 전에 마을을 떠났다는 사실을 들었다. 목사는 이튿날 오후에 돌아올 것이라고 했다. 그래서 다음 날 아침 일찍 헤스터는 펄을 데리고 길을 나섰다.

두 사람이 길을 떠난 지 얼마 지나지 않아 좁은 오솔길이 나타났다. 오솔길은 꼬불꼬불 굽이쳐 돌아 신비로운 원시림 속으로 이어졌다. 길 양옆으로는 나무들이 빽빽하게 늘어서 있어 하늘마저도 제대로 보이지 않았다. 헤스터에게 이 길은 마치 자신이 오랫동안 헤매던 정신적 황야처럼 느껴졌다.

모녀는 어느새 깊은 숲 속까지 들어갔다. 두 사람은 두껍게 쌓인 이끼 더미 위에 앉았다. 어쩌면 이 이끼 더미는 백 년 전만 해도 어두운 그늘 속에서 뿌리와 줄기를 뻗고 무성한 머리를 하늘 높이 쳐들고 서 있던 거대한 소나무였을지도 모른다.

그들이 앉아 있는 곳은 조그마한 골짜기로, 양쪽으로는 가랑잎으로 뒤덮인 둑이 나지막하게 솟아 있고 그 가운데로 개울이 흐르고 있었다. 개울 위로 드리운 큰 나뭇가지들이 군데군데 물의 흐름을 막아 소용돌이를 만들기도 했다.

한편 물살이 빠른 곳에서는 조약돌과 반짝이는 모래 바닥이 훤히 드러나 보였다. 개울 줄기를 따라 눈길을 뻗으면 숲 속 저만치에서 반사되는 햇빛이 보였다. 하지만 햇빛은 나무줄기와 가시덤불, 그리고 잿빛 이끼로 뒤덮인 큼직한 바위들 사이로 사라지고 말았다. 거대한 나무와 둥근 돌들은 일부러 물줄기를 감추는 것처럼 보였다. 어쩌면 개울이 끊임없이 재잘대며 숲 속의 비밀을 입 밖에 내놓을까 봐 그러는지도 모른다.

개울은 계속 재잘거리며 흘러갔다. 그 소리는 어린아이의 목소리처럼 다정하여 마음을 달래는 듯했으나 한편으로는 우울하게 들렸다. 개울은 숲 속의 나무들 틈에서 살아오는 동안 숱한 일들을 보고 들어, 그것을 말하지 않고는 못 견디는 것 같았다.

개울과 펄은 서로 닮아 있었다. 이 아이도 개울처럼 신비롭고도 우울한 그늘 속에서 생겨나 지금껏 지내 왔으니 말이다. 그러나 펄은 발랄하게 춤추고 웃으며 살아가고 있었다.

헤스터가 펄에게 말했다.

"펄, 산길을 걸어오는 발소리가 들리네. 나뭇가지를 헤치는 소리도 나고. 저쪽으로 가서 혼자 놀고 있지 않으련? 엄마는 저기서 오는 사람하고 얘기 좀 할 테니까."

"저 사람이 악마예요?"

펄이 눈을 동그랗게 뜨고 물었다.

"어서 저리 가거라! 너무 멀리 가지는 말고. 엄마가 부르면 금방 달려와야 한다."

헤스터가 목소리를 높였다.

그러나 펄은 자리를 뜨지 않은 채 대답했다.

"알았어, 엄마. 그런데 정말 악마가 맞다면 잠깐 여기 있을래요. 악마가 커다란 책을 안고 있는 모습을 보고 싶어요."

펄이 말하는 악마란, 전날 저녁에 모녀가 머물렀던 환자의 집에서 그 집 할머니가 펄에게 이야기해 준 것이었다.

할머니의 이야기에 따르면, 이 숲에는 악마가 산다고 했다. 그 악마는 크고 무거운 책을 들고 다니다가 사람과 마주치면 그 책을 내밀고 무쇠 펜을 건넨다는 것이었다. 그러고는 자신의 피로 이름을 쓰게 한 다음, 그 사람의 가슴에 낙인을 찍어 준다고 했다. 많은 사람들이 악마를 만나 책에 이름을 적어 넣은 탓에 모두 가슴에 낙인을 하나씩 갖고 있다는 것이 할머니의 설명이었다. 또한 헤스터의 가슴에 있는 주홍 글씨도 그 악마가 찍어 준 거라고, 그래서 어두운 숲 속에서 악마를 만나면 빨갛게 타올라 빛을 낸다고 했다.

펄의 말에 헤스터는 발끈하여 소리쳤다.

"저분은 악마가 아냐! 저기 나무 사이로 보이지? 딤스데일 목사님이란다."

"정말 그렇네! 그런데 엄마, 목사님은 가슴에 손을 얹고 있잖아요. 아마 목사님이 그 책에 이름을 썼을 때 악마가 가슴에다 표시를 해 주었나 봐요. 그런데 왜 옷에다 찍지 않았을까? 엄마한테 그런 것처럼……?"

"펄, 그만 저쪽으로 가지 못하겠니? 네 이야기는 나중에 들어주마."

헤스터가 다급하게 소리쳤다.

아이는 노래를 부르면서 개울을 따라 올라갔다. 개울의 우울한 속삭임에 경쾌한 운율을 섞어 보려는 듯했다. 그러나 개울은 좀처럼 명랑해지지 않았다. 옛날에 이 암울한 숲 속에서 생겨난 슬픈 비밀을 알아들을 수 없는 말로 마냥 지껄일 뿐……. 그것은 어쩌면 앞으로 일어날 일을 예언하고 있는지도 몰랐다. 하지만 펄은 자신이 겪어 온 우울한 일들만으로도 지겨웠기에, 이렇게 한탄만 하는 개울과는 어울리지 않기로 했다. 그래서 이번에는 오랑캐꽃과 할미꽃, 높은 바위 틈에 나 있는 주홍빛 매발톱 꽃을 따 모으기 시작했다.

아이가 눈앞에서 사라지자 헤스터 프린은 오솔길 쪽으로 한두 걸음 다가가 나무 그늘 아래 서 있었다.

이윽고 목사가 나뭇가지를 지팡이 삼아 걸어오는 것이 보였다. 그는 매우 수척하고 기운이 없어 보였으며, 절망의 빛이 얼굴에 역력했다. 그런 모습은 그가 마을을 산책할 때나 남의 눈에 띌 만한 상황에서는 한 번도 드러난 적이 없었다. 그러나 마을에서 멀리 떨어진 숲 속에서는 무기력한 절망의 빛이 애처로울 만큼 두드러졌다.

그의 걸음걸이는 너무도 힘이 없어서 마치 한 발짝이라도 더 걸어야 할 이유도, 걸을 의지도 없는 듯 보였다. 그저 가까운 나무 밑에 몸을 내던져 누우면 가장 어울릴 법했다. 그러면 그의 몸뚱이 위로 나뭇잎들이 쏟아지고 흙이 쌓이고 쌓여, 마침내 조그마한 언덕이 생겨날 것이다. 그 속에 생명이 있든 없든 문제가 되지 않으리라.

헤스터는 딤스데일 목사의 얼굴에서 적극적인 고뇌의 표정이라곤 찾아볼 수 없었다. 단지 그는 펄이 말한 것처럼 가슴에 손을 얹고 있을 뿐이었다.

제 13 장

희망을 말하다

목사는 느릿느릿 걷고 있었다. 그러다 헤스터 프린이 미처 부르기도 전에 그 자리를 지나쳐 갈 뻔했다. 그녀는 가까스로 소리를 내어 목사를 불렀다.

"아서 딤스데일!"

"누구요?"

그는 재빨리 정신을 가다듬으며 우뚝 멈추어 섰다. 그러고는 목소리가 들리는 쪽으로 불안하게 눈길을 보낸 끝에 숲 속에서 어렴풋이 보이는 형체를 발견했다. 그쪽으로 한 걸음 가까이 다가서자 주홍 글씨가 보였다.

"헤스터! 헤스터 프린! 당신이오? 정말로 살아 있는 당신이 맞소?"

그가 떨리는 목소리로 물었다.

"그래요. 살아 있고말고요! 지난 칠 년 동안 살아온 것처럼요. 아서 딤스데일, 당신도 살아 있는 건가요?"

두 사람이 서로 살아 있는지 묻는 것은 그리 이상한 일이 아니었다. 어두침침한 숲 속에서 너무나 뜻밖에 만났기 때문에, 마치 이승에서 인연이 깊었던 두 영혼이 저승에 와서 처음으로 상봉하는 것 같았다.

아서 딤스데일은 두려움에 떨며 시체처럼 싸늘한 손을 내밀었다. 그리고 헤스터 프린의 차디찬 손을 잡았다. 비록 차가운 악수였지만 처음 만나면서 느꼈던 적막감을 가시게 했다. 이제는 적어도 같은 세상에 살고 있는 사람이라는 느낌이 서로에게 전해졌다.

더 이상 한 마디도 말하지 않고 어느 쪽도 앞장서지 않았지만, 두 사람은 헤스터가 나온 숲 속으로 함께 걸어 들어갔다.

그들은 아까 헤스터와 펄이 앉았던 이끼 더미 위에 걸터앉았다. 그러고는 누구나 아는 사람들끼리 만나면 으레 그러듯이 날씨와 서로의 건강에 대해 말을 주고받았다.

잠시 뒤 목사는 헤스터의 눈을 가만히 들여다보며 물었다.

"헤스터, 당신은 마음의 평화를 찾았소?"

그녀는 쓸쓸히 미소 지으며 자신의 가슴을 내려다보았다.

그녀가 물었다.

"당신은요?"

그러자 그가 대답했다.

"그렇지 않소. 절망이 있을 뿐이오. 나 같은 인간이 지금과 같은 삶을 살면서 달리 무엇을 바랄 수 있겠소? 만약 내가 신을 믿지 않는 자라면, 또한 양심도 없고 짐승 같은 본능만 있는 자라면 벌써 오래전에 마음이 편해졌을지도 모르오. 그런데 내 영혼이 어떤 상태에 놓여 있는지 아오? 타고난 좋은 소질과 하나님이 주신 훌륭한 선물이 도리어 영혼을 괴롭히는 것이 되고 말았소. 헤스터, 이 세상에 나보다 더 비참한 사람은 없을 거요."

"사람들은 당신을 존경해요. 당신은 분명히 그들에게 훌륭한 일들을 베풀었고요. 그런데도 아무런 위안을 받지 못하나요?"

"더욱 비참할 뿐이오, 헤스터. 더욱더 비참해질 따름이란 말이오. 내가 베푸는 것으로 보이는 그 일들에 대해 난 아무런 신념도 없었소. 그건 틀림없이 나의 망상에 지나지 않소. 나처럼 타락한 영혼이 어찌 남의 영혼을 구제할 수 있겠소? 그들은 나를 존경한다지만 차라리 비웃고 미워해 줬으면 좋겠소. 나는 강단에 서지 않으면 안 되오. 거기서 나를 올려다보는 수많은 눈들과 마주치오. 그 눈들은 내 얼굴에서 천국의 빛이 뿜어 나오기라도 하는 양 나를 우러러본다오. 나의 교회에 오는 사람들은 모두 목마르게 진리를 구하고 있소. 진리에 굶주린 양떼가 오순

절에 하늘에서 내려온 목소리를 듣는 것처럼 내 설교에 귀를 기울인단 말이오. 그러다 내가 스스로 마음을 들여다보면 그들이 우러러보는 것이 사실은 죄악 그 자체란 걸 새삼 깨닫게 되오. 그것이 위로가 될 리가 있겠소? 사람들이 보는 나와 진정한 나는 그렇게 다르오. 사탄도 그것을 비웃고 있소."

목사는 쓰디쓴 웃음을 머금고 대답했다.

"당신은 자신을 학대하고 있어요. 당신은 뼈저리게 뉘우칠 만큼 뉘우쳤어요. 이미 오래전에 죄를 벗었다고요. 지금 당신의 삶은 남들이 보는 그대로 신성한 거예요. 선한 일을 해서 진실로 밝혀진 회개가 모두 허사였단 말씀인가요? 왜 평온한 마음을 가질 수 없는 거지요?"

헤스터가 부드럽게 말했다. 그러자 목사는 강하게 고개를 가로저으며 대답했다.

"아니오, 헤스터. 그건 아니오. 내가 한 일들에는 알맹이가 없다오. 나는 진심으로 회개한 적이 없소. 회개를 하려 했다면 이런 위선적인 목사의 옷 따위는 벗어 버리고 사람들 앞에서 심판을 받았어야 했소. 헤스터, 차라리 가슴에 주홍 글씨를 달고 있는 당신이 행복한 거요! 나의 가슴은 남모르게 타 들어가고 있소. 나에게 친구라도 하나 있었으면 나았을지 모르오. 그래서 남들에게서 칭찬을 받고 마음이 울적할 때면 찾아가, 내가 죄인이라는 사실을 털어놓았다면 영혼을 구원받을 수 있었을 텐데……. 그러나 이제는 모든 게 거짓이 되어 버렸고, 허무하며, 쓸쓸한 죽음만 남았을 뿐이오.”

헤스터는 목사의 얼굴을 들여다보았지만 선뜻 말을 하지 못한 채 망설였다. 그러나 그가 그동안 억눌러 왔던 감정을 거침없이 털어놓은 만큼, 그녀도 마음먹었던 말을 꺼낼 수 있을 것 같았다. 그래서 두려움을 무릅쓰고 말문을 열었다.

“당신이 바라는 그런 친구는……, 당신의 죄를 슬퍼해 줄 사람은……, 바로 나예요. 당신과 함께 죄를 저지른 나라고요.”

헤스터는 다시금 주저한 끝에 말을 이어 갔다.

“또한 당신 곁에는 오랫동안 자신의 정체를 숨겨 온 원수가 있었어요. 그 원수는 지금 당신과 한 지붕 아래서 살고 있어요!”

그러자 목사는 용수철이 튕기듯 자리에서 벌떡 일어섰다. 그러면서 마치 심장을 떼어 버리려는 듯 가슴을 움켜쥔 채 숨을 헐떡거렸다.

“아니, 지금 뭐라고 했소? 원수라니? 그것도 한 지붕 아래……? 도대체 그게 무슨 소리요?”

헤스터는 목사가 깊은 상처를 입었다는 것을 느낄 수 있었다. 이런 불쌍한 사람을 몇 년 동안이나, 아니 단 한 순간일지라도 나쁜 사람의 손아귀에 맡겨 둔 책임은 바로 자신에게 있다는 것을 다시 한 번 깨달았다. 그 원수가 가면으로 정체를 숨기고 있다 해도 딤스데일처럼 예민한 사람의 정신은 얼마든지 어지럽

힐 수 있었을 것이다.

헤스터는 한때 열렬히 사랑했던, 그리고 지금도 변함없이 사랑하는 그 사람을 파멸의 길로 이끌어 온 것이다. 그녀는 이미 로저 칠링워스한테도 말했듯, 목사가 명예를 잃었거나 심지어 죽었다 할지라도 자신이 그를 내버려둔 것보다는 훨씬 나았으리라고 생각했다. 그래서 그녀는 지금 잘못을 고백하느니 차라리 낙엽 위로 몸을 던져 목사의 발밑에서 죽어 버리고 싶었다.

그녀는 견딜 수 없다는 듯 소리쳤다.

"아아, 아서! 나를 용서해 주세요. 나는 모든 일에 진실하려고 애써 왔어요. 아무리 괴로울 때에도 진실 하나만은 붙잡고 있었어요. 내 유일한 미덕이었으니까요. 다만 당신의 행복과 생명, 그리고 명성이 위기에 놓여 있을 때는 그러지 못했어요. 그때 나는 당신을 속였어요. 설령 생명의 위협을 느낀다 해도 거짓말은 선(善)이 될 수 없지요. 내가 무슨 말을 하려는지 아시겠어요? 그 늙은 의사 말이에요, 사람들이 로저 칠링워스라고 부르는 그 사람! 그이가 바로 내 남편이었어요!"

목사는 몹시 격렬한 감정에 북받친 채 잠시 헤스터를 바라보았다. 헤스터는 지금처럼 험악하고 사납게 찌푸린 목사의 얼굴을 일찍이 본 적이 없었다. 그는 그만 땅바닥에 털썩 주저앉아 두 손으로 얼굴을 감쌌다. 그러고는 중얼거렸다.

"알 만한 일이었건만……. 왜 몰랐을까? 그 사람을 처음 만났을 때도, 그리고 그 뒤로도 만날 때마다 가슴이 저절로 움츠러들었어. 그게 바로 비밀을 가르쳐 주는 것이 아니었던가? 아, 헤스터 프린, 당신은 이게 얼마나 끔찍한 일인지 눈곱만큼도 모를 거요. 나를 비웃으면서 들여다보는 그 작자의 눈앞에 병들고 죄 많은 가슴을 훤히 드러냈다니……. 얼마나 부끄럽고 야비한 일이었는지! 얼마나 추악하기 짝이 없는 일이었는지! 헤스터, 그 책임은 모두 당신에게 있소. 난 당신을 용서할 수가 없소!"

"용서해 주셔야 해요! 내게 주실 벌은 하나님께 맡기세요. 당신은 나를 용서해야만 합니다."

헤스터가 목사 곁으로 쓰러지며 외쳤다.

그녀는 갑자기 치솟는 애정을 이기지 못해 목사를 두 팔로 껴안았다. 그러고는 그의 머리를 가슴 위로 힘껏 끌어당겼다. 그의 뺨이 주홍 글씨에 닿았으나 아랑곳하지 않았다. 목사는 몸을 빼려고 했지만 빠져나올 수가 없었다. 헤스터는 목사가 준엄한 눈초리로 자신을 쏘아볼까 봐 두려워 그를 놓아주지 못했다.

"이제는 용서해 주시겠어요? 나에게 눈살을 찌푸리지 않겠지요? 나를 용서하시는 거지요?"

그녀가 물었다.

"용서하겠소, 헤스터."

마침내 목사가 나지막하게 대답했다. 그것은 슬픔의 심연에서 우러나온 말로, 조금도 노여움을 띠고 있지 않았다.

"진심으로 당신을 용서하겠소. 하나님, 저희 두 사람을 용서하소서! 헤스터, 우리는 세상에서 가장 나쁜 죄인은 아니오. 타락한 목사보다도 더 흉악한 죄인이 있으니 말이오. 로저 칠링워스의 복수는 나의 죄보다 더 나쁘오. 그자는 인간의 신성한 마음을 범했소. 헤스터, 당신과 나는 그런 짓은 하지 않았소!"

"그래요. 단 한 번도 하지 않았지요. 우리가 한 일은 나름대로 성스러운 것이었어요. 우리 자신이 그것을 느꼈잖아요. 서로 그렇게 얘기하기도 했고요. 당신은 그것을 잊으셨나요?"

헤스터 프린이 속삭였다.

"조용히 해요, 헤스터. 나는 잊지 않았소."

아서 딤스데일이 땅바닥을 짚고 일어나면서 말했다.

두 사람은 다시 손을 잡고 이끼 더미 위에 나란히 앉았다. 한참 동안 그 자리에 앉은 채 일어날 줄을 몰랐다. 마을로 돌아가는 오솔길은 얼마나 쓸쓸해 보였던가! 그곳으로 돌아가면 헤스터 프린은 또다시 치욕의 짐을 져야 하고, 딤스데일 목사는 공허한 명예의 짐을 걸머지지 않으면 안 된다. 그래서 그들은 한 순간이라도 더 오래 머무르고 싶었다. 그 어떤 황금빛도 이 숲 속의 어둠보다 소중했던 적은 없었다.

목사는 불현듯 떠오른 생각에 가슴이 철렁하였다. 그가 소리치듯 말했다.

"헤스터, 두려운 것이 있소. 로저 칠링워스는 자기 정체를 밝히려는 당신의 속셈을 짐작하고 있을 텐데, 그래도 우리의 비밀을 지켜 줄 것 같소? 앞으로는 어떤 방법으로 복수를 할까?”

“그의 성격에는 이상하게 비밀스러운 데가 있어요. 아마 남몰래 복수하면서 생겨난 성격일 거예요. 그가 우리의 비밀을 폭로하지는 않을 겁니다. 물론 자신의 욕망을 채울 다른 방법을 찾겠지만…….”

헤스터가 깊은 생각에 잠겨 대답했다.

“하지만 나는……, 나는 그 끔찍한 원수와 어떻게 한집에 살라는 말이오? 헤스터, 내 대신 생각을 좀 해 봐요. 당신은 강한 사람이니, 나를 위해 결단을 내려 주시오.”

딤스데일은 몸을 움츠리고 떨리는 손을 가슴으로 가져가며 부르짖었다.

“당신은 이제 그 사람과 같이 살아서는 안 됩니다. 이젠 그 사람의 악독한 눈앞에 당신의 마음을 내보여서는 안 돼요!”

헤스터가 천천히, 그러나 단호하게 말했다.

“그건 죽는 것보다 더 끔찍한 일이오. 하지만 그걸 어떻게 피하겠소? 다른 방법이라도 있을 것 같소? 아까 당신이 그자의 정체를 밝혔을 때 내가 쓰러졌던 저 낙엽 위에 다시 쓰러져 버릴까? 땅속으로 꺼져 들어가 죽어 버리고 말까?”

“아, 가엾은 분, 당신이 이 지경이 되다니! 당신은 나약하다고 해서 그냥 죽으려는 건가요? 그건 죽을 이유가 되지 않아요.”

헤스터는 눈물을 글썽이며 말했다.

"하나님의 심판이 내렸소. 내가 대항하기에는 상대의 힘이 너무 강하단 말이오."

"하나님이 자비를 베푸실 거예요. 당신이 그 자비를 이용할 수 있는 힘만 지니고 있다면 말이지요."

헤스터가 대답했다.

"나를 위해 힘을 내 줘요. 그리고 내가 어떻게 해야 할지 가르쳐 주오."

그가 말했다. 그러자 헤스터가 그윽한 눈길로 목사를 바라보며 외쳤다.

"세상이 그렇게 좁던가요? 숲 속의 저 길을 따라 걸어가면 어디지요? 개척지 마을이라고 당신은 말씀하시겠지요. 맞아요. 하지만 그 길은 앞으로 계속 뻗어 있어요. 점점 깊숙이 들어가면 사람들의 눈에 띄지 않겠지요. 거기서 다시 몇 마일만 더 가면 백인의 발자취라곤 눈을 씻고 찾아봐도 보이지 않을 거예요. 그곳에서 당신은 자유의 몸입니다. 조금만 더 걸어가면 당신이 비참해졌던 세계를 벗어나 가장 행복하게 살 수 있는 곳에 다다르게 돼요. 이 끝없이 넓은 숲 속에, 로저 칠링워스의 시선에서 당신의 마음을 감출 그늘 한 자락 없겠어요?"

"물론 있겠지. 하지만 그것은 낙엽 밑에만 있을 거요."

목사가 쓸쓸하게 웃음 지으며 대답했다.

헤스터의 말이 이어졌다.

"그렇다면 넓은 바닷길이 있어요. 당신도 바다를 건너 이곳에 오셨잖아요. 그러니 원한다면 돌아갈 수도 있지요. 고국 땅을 밟기만 하면 외딴 시골이나 드넓은 런던으로, 아니면 독일이나 프랑스, 쾌적한 이탈리아로도 갈 수 있어요. 그 사람의 힘과 지혜가 미치지 않는 곳으로 말이에요! 그렇게 되면 당신은 이곳의 극성맞은 사람들이나 그들의 의견 따위와는 아무런 상관 없이 살 수 있지요. 그들은 당신의 훌륭한 품성을 너무 오랫동안 구속해 왔어요."

목사는 마치 꿈을 실현하라는 명령이라도 받은 사람처럼 귀를 기울이다가 대답했다.

"그건 안 될 말이오! 난 이곳을 떠날 힘이 없소. 무엇보다 나는 하나님이 정해 주신 이 땅에서 삶을 이어 가는 것밖에는 생각해 본 적이 없소. 내 영혼은 이미 타락했으나 난 앞으로도 다른 사람들의 영혼을 위해 일하고 싶소. 비록 충실하지 못한 문지기이기는 하지만 결코 내 자리를 떠나지 않을 것이오."

헤스터는 목사의 기운을 북돋아 주려고 단단히 마음을 먹고 대답했다.

"당신은 칠 년 동안 불행에 짓눌린 나머지 진이 다 빠졌어요. 하지만 그 모든 것을 버려야만 해요. 숲 속의 오솔길을 따라 걸을 때 그것이 발걸음에 방해가 되지 않도록 하세요. 만약 뱃길을 택한다면 배에다 그 짐을 싣지 마세요. 재난과 불행은 그것들이 생겨난 곳에 두고 가야 합니다. 모든 것을 새로 시작하세요. 한 번 실패했다고 해서 앞날의 가능성까지 잃은 것은 아니잖아요?

당신은 얼마든지 행복을 누릴 수 있어요. 선행도 베풀 수 있고요. 만약 어떤 사명을 바란다면 인디언들을 가르치는 스승이나 전도사가 되어 보세요. 아니면 문명사회에서 학자나 철학가가 되어 현명한 사람들과 어울리세요. 설교를 하세요! 글을 쓰고 실천하세요. 쓰러져 죽는 일 말고 무슨 일이든 하시라고요. 아서 딤스데일이라는 이름을 버리고 새 이름을 가지세요. 두렵지도 않고 부끄럽지도 않게 달고 다닐 수 있는 훌륭한 이름을 말이에요. 당신의 고통은 생명을 좀먹고, 뉘우치는 힘마저 빼앗아 갔어요. 그런데 도대체 무엇 때문에 그 속에서 머뭇거리고 있나요? 당장 일어나 떠나세요!"

"오, 헤스터!"

딤스데일이 부르짖었다. 그의 두 눈은 헤스터의 열의에 자극을 받아 번쩍 하고 빛났다. 그러나 그 빛은 금세 꺼졌다.

"당신은 무릎이 떨려 걷기조차 어려운 사람더러 달음박질을 하라고 말하는구려. 나는 이곳에 뼈를 묻어야 하오. 나에겐 저 낯설고 험난한 세상을 찾아갈 기운도, 용기도 남아 있지 않소. 더구나 혼자서는 말이오!"

이것은 파괴된 영혼이 내뱉는 절망 어린 목소리였다. 목사에게는 눈앞의 행운조차 붙잡을 힘이 없었다. 그는 마지막 말을 되풀이했다.

"나 혼자서는 말이오, 헤스터!"

"혼자서 가시는 게 아닙니다."

헤스터가 낮은 목소리로 속삭였다.

딤스데일은 헤스터의 얼굴을 바라보았다. 그의 얼굴에는 희망과 기쁨의 빛이 어렸다. 하지만 두려운 표정도 함께 떠올랐다. 지금껏 자신이 막연하게 내비치기만 했을 뿐 차마 입 밖에 내지 못한 것을 헤스터가 대담하게 말했기 때문이다.

헤스터 프린은 원래 용기와 활력이 넘치는 사람이었다. 게다가 오랫동안 사회에서 소외된 채 살았기 때문에 목사보다 훨씬 자유롭게 생각할 수 있었다. 그녀는 따라야 할 규칙도, 이끄는 안내자도 없이 정신적 황야를 헤매어 왔다. 말하자면 그녀의 지성과 감성은 황야에 집을 마련했으며, 인디언들이 숲 속을 마음대로 쏘다니듯 헤스터도 그곳을 마음껏 돌아다녔다.

반면 아서 딤스데일은 사회에서 널리 인정하는 법의 테두리를 벗어나 행동한 적이 없었다. 아니, 단 한 번, 가장 신성한 법칙을 무참히 깨뜨리기는 했다. 그러나 그것은 순간적인 열정에서 비롯한 죄였지, 무슨 목적이 있어서 저지른 죄는 아니었다. 그는 그 일이 일어난 뒤부터 병적일 정도로 세심하게 자신을 들여다

보았다. 행동은 물론이고 생각과 감정의 움직임까지 낱낱이 감
시했다.

헤스터 프린에게는 세상에서 쫓겨나 치욕을 겪었던 칠 년이
라는 세월이 오직 이 순간을 맞이하기 위한 준비 기간에 지나지
않은 것 같았다. 그러나 아서 딤스데일은 어떠한가! 이런 사람
이 또다시 죄를 저지른다면 그것을 용서받기 위해 어떤 변명을
할 수 있을까? 아마 아무 말도 할 수 없을 것이다.

어쨌든 목사는 달아나기로 마음먹었다.

'만일 지난 칠 년 동안 내가 단 한 순간이라도 평화나 희망을
느껴 보았다면, 나는 그것을 하나님의 자비라 믿으며 버텨 나갔
을 것이다. 하지만 난 돌이킬 수 없는 벌을 받았다. 그러니 사형
수가 처형되기 전에 누리도록 허락받은 위안을 어찌 누리지 않
겠는가? 이제 난 헤스터 없이는 살 수가 없다. 그토록 힘차게 나
를 부축해 주고 다정하게 위로해 주니……! 아, 하나님, 이런 저
를 용서해 주소서!'

"당신은 가야 합니다."

헤스터는 목사와 눈이 마주치자 침착하게 말했다.

일단 마음을 정하고 나니, 목사의 가슴에는 묘한 기쁨이 밀려
들어 왔다. 마치 감옥에서 막 풀려나온 죄수가 상쾌한 공기를
들이마시는 듯한 느낌이었다. 그것은 종교도, 구원도, 법률도 없
는 야생의 땅에서나 맛볼 수 있는 상쾌함이었다.

그는 믿을 수 없다는 듯 소리쳤다.

"내가 다시 기쁨을 맛보고 있는 건가? 기쁨의 씨앗은 내게서 이미 사라진 줄 알았는데……. 오, 헤스터, 당신은 진정한 천사요! 나는 이 숲 속의 낙엽 위에 몸을 내던졌소. 병들고 죄로 더러워지고 슬픔에 찌든 이 몸뚱이를 말이오. 그리하여 완전히 새로운 인간으로 거듭나, 하나님을 찬미할 힘을 얻은 것 같구려! 이것만으로도 전보다 나은 삶이 아니고 무엇이겠소! 우리는 왜 이런 것을 진작 발견하지 못했을까?"

"이제 뒤돌아보지 말기로 해요. 과거는 지나가 버린 거예요. 그런데 무엇 때문에 과거에 얽매여 있나요? 보세요! 나는 이 징표와 함께 과거를 내동댕이치고 그런 것 따윈 없었던 걸로 만들겠어요!"

이렇게 말하면서 헤스터는 주홍 글씨를 달았던 고리를 벗기고 그것을 가슴에서 떼어 멀리 던져 버렸다.

주홍 글씨는 개울가에 떨어졌다. 한 뼘만큼만 더 멀리 날아갔어도 아마 개울에 빠져 버렸을 것이다. 그러면 개울은 여전히 알아들을 수 없는 이야기에다 슬픔을 싣고 흘러갔을 것이다.

치욕의 징표가 없어지자 헤스터는 길게 한숨을 내쉬었다. 그 한숨과 함께 무거운 고뇌의 짐도 마음에서 떠나갔다. 아, 얼마나 후련한가! 그녀는 자유를 맛보고서야 비로소 그 무게를 느낄 수 있었다.

뒤이어 그녀는 무슨 충동이 일었는지, 머리카락을 감싸고 있던 모자를 벗어 버렸다. 그러자 검고 반들반들한 머리카락이 어깨 위로 늘어졌다. 그녀의 얼굴은 더욱 부드러운 매력을 풍겼다. 가슴속 깊은 곳에서 우러나온 듯한 화사한 미소가 입가와 두 눈에 감돌았다. 오랫동안 창백했던 두 뺨은 발그레한 빛을 띠었다.

그 순간, 갑자기 하늘이 미소라도 짓는 것처럼 햇빛이 찬란하게 쏟아져 내렸다. 햇빛이 어두운 숲 속을 비추자 푸른 나뭇잎들은 생기를 더했고 누런 낙엽은 금빛으로 빛났으며, 장엄한 잿빛 나무들에도 윤기가 흘렀다. 지금까지 그늘져 있던 모든 것들이 환하게 밝아졌다. 개울도 빛을 받아 숲 속 멀리까지 반짝이며 흘러갔다.

헤스터는 기쁨에 몸을 떨며 목사를 바라보았다.

"펄을 아시지요? 우리의 사랑스런 펄 말이에요. 당신도 보셨잖아요. 하지만 이젠 다른 눈으로 그 아이를 보게 될 거예요. 펄은 묘한 아이랍니다. 엄마인 나도 이해하기가 어려울 정도로요. 하지만 나와 마찬가지로 당신도 그 아이를 사랑하게 될 겁니다. 그 아이를 어떻게 키워야 좋을지 나에게 가르쳐 주세요."

그녀의 말에 목사는 조금 불안해 하며 말했다.

"펄이 나를 좋아할까? 나는 오래전부터 아이들을 만나면 피하곤 했소. 아이들이 대개 나를 믿지 않아 나하고 친해지기를 꺼리기 때문이오. 사실 나는 펄을 두려워하기까지 했소."

"저런! 하지만 펄은 분명히 당신을 따를 거예요. 당신도 펄을 귀여워할 테고요. 펄은 여기서 그리 멀지 않은 곳에 있어요. 불러 볼게요. 펄, 펄!"

"저기 보이는군. 개울 건너 햇빛이 비치는 곳에 서 있소. 그래, 저 아이가 정말 나를 따를 것 같소?"

헤스터는 빙그레 웃으며 다시 펄을 불렀다. 목사의 말대로 조금 떨어진 곳에 펄이 서 있었다. 나뭇가지가 아치처럼 늘어진 곳에 한 줄기 햇살이 새어 들고 있었다. 그 아래 있는 펄은 마치 빛나는 옷을 걸친 환영처럼 보였다. 햇살이 이리저리 흔들리는 바람에 펄의 모습은 밝아졌다가 흐려지곤 했다. 아이는 엄마가 부르는 소리를 듣고는 나무들 사이로 천천히 다가왔다. 그 모습은 마치 숲의 요정 같았다. 갖가지 꽃과 새로 돋아난 잔가지들을 꺾어 한껏 치장을 했던 것이다.

펄은 발걸음을 점점 늦추었다. 목사를 보았기 때문이다.

제 14 장

피할 수 없는 운명

헤스터는 목사와 나란히 앉아 펄을 바라보며 말했다.

"당신도 펄을 무척 좋아하게 될 거예요. 예쁘지 않아요? 저것 좀 보세요. 보잘것없는 꽃들로 얼마나 솜씨 좋게 꾸몄는지! 진주나 다이아몬드, 루비 같은 걸 달았어도 저렇게 근사하지는 않을 거예요. 굉장한 아이랍니다. 나는 저 아이의 이마가 누구를 닮았는지 알고 있어요."

목사가 불안한 미소를 띠며 말했다.

"헤스터, 당신은 모를 거요. 저 귀여운 아이가 당신 곁을 아장아장 걸어 다니는 것을 볼 때마다 내 마음이 얼마나 괴로웠는지…… 아이의 얼굴이 나를 쏙 빼닮아, 사람들이 눈치 챌까 봐

걱정을 했소. 그러나 펄은 당신을 더 많이 닮았소.”

“아, 아니에요. 나를 많이 닮지는 않았어요. 조금만 지나면 저 아이의 아버지가 누구인지 알려져도 두려워할 필요가 없을 거예요. 그나저나 머리를 들꽃으로 꾸민 모습이 어쩌면 저렇게 예쁠까요? 우리가 그리운 고향 영국에 남겨 놓고 온 요정이 우리를 만나러 온 것 같네요.”

헤스터가 흐뭇한 미소를 머금고 대답했다.

두 사람은 일찍이 느껴 보지 못한 감정에 휩싸여 펄을 지켜보았다. 이 아이는 두 사람을 이어 주는 끈이었다. 또한 지난 칠 년 동안 펄은 살아 있는 상징과도 같았다. 두 사람이 그토록 감추려고 했던 비밀을 세상에 드러내는 상징이었다. 더욱이 펄은 두 사람의 생명이 하나로 융합된 결정체가 아닌가.

헤스터가 목사에게 속삭였다.

“펄에게 자연스럽게 보이세요. 말을 건넬 때에도 지나치게 열성적인 태도를 보이지 마시고요. 펄은 이따금 성질 사나운 요정처럼 변덕을 부리거든요. 특히 자기가 납득하지 못하는 강한 감정은 받아들이지 않아요. 하지만 알고 보면 애정이 강한 아이랍니다. 펄은 나를 사랑하니까 아마 당신도 사랑할 거예요.”

목사는 헤스터 프린을 곁눈질로 쳐다보며 말했다.

“당신은 내 마음을 헤아리지 못할 거요. 내가 얼마나 저 아이를 만나기를 두려워했는지, 그러면서도 간절히 만나고 싶어 했는지 말이오. 그런데 아까도 말했듯이, 아이들은 좀처럼 나를 따르지 않소. 무릎 위에 올라오지도 않고, 귀에다 입을 대고 재잘거려 주지도 않으며, 미소를 보내도 답해 주지 않거든. 그저 멀찌감치 서서 이상하다는 듯 나를 바라본단 말이오. 갓난아이조차도 내가 안기만 하면 자지러지게 운다오. 하지만 펄은 그동안 두 번이나 나에게 다정하게 대해 주었소. 처음의 일은 당신도 잘 기억하고 있을 거요. 그 다음은 당신이 벨링엄 장관의 저택으로 펄을 데리고 왔을 때였소."

"그때 당신은 펄과 나를 위해 아주 훌륭한 변호를 해 주셨지요. 지금도 기억하고 있어요. 어리지만 펄도 기억할 거예요. 그러니 걱정할 것 없어요. 처음에는 수줍어하고 서먹하게 대할지 몰라도 곧 당신을 따를 거예요."

이즈음 펄은 건너편 개울가에 이르렀다. 그곳에서 헤스터와 목사를 잠자코 바라보고 있었다. 두 사람은 여전히 이끼 더미에 나란히 앉아 펄을 기다리고 있었다.

아이가 걸음을 멈춘 곳에 우연히도 개울이 작은 웅덩이를 이루고 있었다. 수면은 잔잔하고 깨끗했다. 거기에 꽃과 나뭇잎으로 꾸민 펄의 모습이 비쳤다. 그 모습은 실물보다 한층 우아하고 신비로워 보였다.

펄은 우두커니 선 채 어둑어둑한 숲 속 나무들 사이로 두 사람을 가만히 바라보았다. 그사이 무슨 기운을 받고 이끌려 왔는지

한 줄기 햇살이 아이를 휘감았다. 발밑의 개울 속에는 또 다른 펄이 황금빛 햇살을 받고 서 있었다.

헤스터는 어쩐지 펄이 자신에게서 멀어진 것 같아 초조했다. 마치 엄마와 함께 살던 세계에서 빠져나간 아이가 혼자 숲 속을 거닐다 길을 잃어, 이제는 돌아오려고 해도 돌아올 수 없을 것만 같은 생각이 들었다.

이런 느낌은 어느 정도 진실이었지만 잘못된 것이기도 했다. 실제로 엄마와 아이는 서로 사이가 멀어졌다. 하지만 그것은 어디까지나 헤스터 때문이었지 펄 때문은 아니었다. 펄이 엄마 곁을 떠나 숲 속으로 놀러 간 사이에 다른 사람이 엄마의 내면으로 들어와 자리를 잡았다. 그 결과 엄마의 감정이 크게 바뀌어 버려, 이제 돌아온 아이는 자신의 자리를 알아볼 수 없고 지금 자신이 어디에 있는지조차도 알지 못했던 것이다.

목사가 입을 열었다.

"이상한 느낌이 드는구려. 저 개울이 서로 다른 두 세계의 경계를 이루고 있어, 당신과 펄은 서로 영영 만나지 못할 것만 같소. 아니면 우리가 어릴 때 들은 옛날이야기처럼, 저 아이는 흐르는 개울을 건널 수 없는 것이 아닐까? 제발 빨리 건너오게 해요. 저렇게 머뭇거리는 것을 보니 떨려서 못 견디겠소."

"펄, 어서 건너오너라! 왜 그렇게 느리니? 전에는 꾸물댄 적이 없었잖아. 여기 계신 분은 엄마의 친구야. 그리고 네 친구도 되어 줄 분이지. 이제부터 너는 엄마에게서 받은 것보다 두 배나 더 많은 사랑을 받게 될 거야. 개울을 건너 이리로 오렴. 넌 새끼 사슴처럼 뛰어넘을 수 있잖니!"

헤스터가 두 팔을 벌리고 재촉하듯 말했다.

펄은 꿀같이 달콤한 엄마의 말에는 아무 대꾸도 하지 않고 개울 건너편에 우두커니 서 있었다. 반짝이는 눈으로 엄마와 목사를 번갈아 쳐다보다가 두 사람을 한꺼번에 바라보기도 했다. 두 사람이 어떤 관계인지를 알아내 자신에게 납득시키려는 듯한 모습이었다. 아서 딤스데일은 펄의 시선을 느끼자마자 슬며시 가슴에 손을 얹었다.

이윽고 펄은 한 손을 내밀어 집게손가락을 펴더니 엄마의 가슴을 가리켰다. 아이의 얼굴에는 묘한 위엄이 서려 있었다. 개울 수면에서도 꽃에 둘러싸이고 햇빛을 받은 펄이 똑같은 행동을 했다.

"정말 이상한 애구나. 어째서 엄마한테 오지 않는 거야?"

헤스터가 소리를 질렀다.

펄은 여전히 엄마의 가슴을 가리킨 채 미간을 찌푸렸다. 헤스터는 계속 손짓을 하면서 여느 때와는 사뭇 다른 미소를 띠었다. 그 모습을 본 아이는 한층 더 거만한 표정과 몸짓으로 발을 굴렀다. 그러자 개울 속에서도 펄이 미간을 찌푸리며 거만한 몸짓을 하여, 귀여운 모습이 더욱 돋보였다.

"펄, 빨리 오너라. 오지 않으면 엄마가 화낸다!"

헤스터가 소리쳤다. 그녀는 평소 펄의 그런 행동에 익숙하기는 했지만 이 순간만은 좀 더 얌전하게 굴기를 바랐다.

"요 깍쟁아, 어서 뛰어오지 못해? 네가 오지 않으면 엄마가 그리로 갈 거야!"

그러나 펄은 달래도 말을 듣지 않았고 겁을 주어도 눈썹 하나 까딱하지 않았다. 그러다 갑자기 화가 치민 듯한 몸짓을 하더니 손발을 마구 버둥거리면서 작은 몸을 뒤틀었다. 급기야 펄은 하늘을 찌를 듯 높은 목소리로 고함을 질렀다. 그 소리는 숲 전체로 메아리쳐 울려 퍼졌다. 아이는 혼자 분노를 터뜨렸지만, 마치 뒤에 숨어 있는 군중이 아이에게 격려와 성원을 보내는 것 같았다.

"아, 무엇이 못마땅해서 저러는지 알겠어요. 아이들이란 눈에 익은 모습이 조금이라도 달라지면 참지 못하는군요. 펄은 내가 늘 달고 다니던 것이 보이지 않아서 저러는 거예요."

헤스터가 목사에게 속삭였다. 그녀는 괴로운 마음을 감추려고 애를 썼으나 얼굴이 창백하게 변했다.

"제발 저 아이를 달랠 방법이 있거든 당장 좀 달래 보구려!"

목사는 애써 웃음 지으며 말했다.

헤스터는 얼굴을 붉히며 다시 펄에게로 고개를 돌렸다. 그리고 곁눈질로 목사를 가만히 살펴보고는 깊은 한숨을 쉬었다. 그녀의 붉은 뺨은 시체처럼 하얗게 질렸다. 그녀는 슬픈 목소리로 말했다.

"펄, 네 발밑을 보렴. 거기, 바로 네 앞, 개울 이쪽 말이야."

펄은 엄마가 가리키는 쪽으로 시선을 돌렸다. 그곳에는 주홍 글씨가 놓여 있었다. 금빛으로 수놓은 가장자리가 물에 비쳐 반짝거렸다.

"그것을 이리로 가져온!"

헤스터가 말했다.

"엄마가 와서 가져가요."

펄이 대답했다.

"저런 아이가 어디 있담!"

헤스터는 목사를 바라보면서 나지막하게 말했다.

"사실 저 지긋지긋한 징표에 관해서는 펄의 생각이 옳아요. 나는 앞으로 며칠 동안은 주홍 글씨가 주는 고통을 견뎌야 하겠지요. 우리가 이 고장을 떠나는 날까지는 말이에요. 이 숲은 주홍 글씨만은 감춰 주지 못하는군요. 바다 한복판으로 나아갔을 때 내 손으로 그것을 집어던져 영원히 가라앉게 하겠어요."

헤스터는 개울가로 걸어가 주홍 글씨를 주워서 다시 가슴에 달았다. 조금 전만 해도 희망에 차서 그것을 바다 속에 내던지겠다고 말했으나, 막상 그 끔찍한 징표를 되찾고 보니 피할 수 없는 운명에 사로잡히는 느낌이 들었다.

그녀는 무겁게 늘어진 머리카락을 끌어 모아 모자 속으로 틀어넣었다. 그 슬픈 글씨에는 모든 것을 시들게 하는 마력이라도 있는 것일까. 그녀의 아름다움도, 여성으로서의 따스함도, 그리고 풍요로움도 스러져 가는 햇빛처럼 사라져 버렸다. 그 대신 희뿌연 그림자가 그녀의 몸에 내려앉은 것 같았다.

헤스터는 이렇듯 애처로운 모습이 되자 펄에게 손을 내밀었다. 그러고는 원망하는 듯한 목소리로 힘없이 말했다.

"펄, 이제 엄마를 알아보겠니? 어서 개울을 건너와 엄마를 차지하렴. 엄마는 치욕의 징표를 다시 달았으니까. 그래서 슬픈 신세로 되돌아왔으니까."

"응, 그럴게!"

펄은 대답을 하고는 개울을 건너왔다. 그리고 두 팔을 벌려 헤스터를 힘껏 껴안았다.

"이젠 정말 우리 엄마야. 난 엄마의 귀여운 펄이고!"

아이는 전에 없이 다정한 몸짓으로 엄마의 목을 끌어안았다. 그러고는 이마와 두 뺨에 입을 맞추었다. 그런데 다음 순간, 입술을 오므려 주홍 글씨에도 입을 맞추는 것이 아닌가!

그러자 헤스터가 말했다.

"이건 고맙지 않다. 넌 사랑을 표현해 주자마자 엄마를 조롱하는구나."

"목사님은 왜 저기에 앉아 있어요?"

펄이 물었다.

"너를 만나려고 기다리고 계셔. 어서 가서 우리의 만남을 축복해 달라고 하자꾸나. 저분은 너를 사랑하신단다. 네가 나를 사랑하는 것처럼 말이야. 넌 목사님이 좋지 않니? 자, 가자. 저분은 너를 무척 보고 싶어 해."

"저분이 우리를 사랑해요? 그럼 우리와 함께 손을 잡고 마을로 돌아가 주실까요?"

펄은 초롱초롱한 눈망울로 엄마를 올려다보며 물었다.

"지금은 안 돼. 하지만 머지 않아 우리와 손을 맞잡고 걸으실 거야. 우리도 이제는 집을 구하고 거기서 즐겁게 같이 살게 될 거란다. 네가 목사님의 무릎 위에 앉으면 목사님은 너에게 여러 가지를 가르쳐 주실 거야. 아마 너를 무척 예뻐해 주실걸? 너도 저분이 좋지? 그렇지 않니?"

"그런데 왜 목사님은 언제나 가슴에 손을 얹고 있어요?"

"바보같이 그런 걸 왜 묻니? 어서 가서 축복을 구하렴."

그러나 펄은 목사에게 조금도 호의를 보이지 않았다. 귀여움을 받고 자란 아이들이 으레 그렇듯 경쟁 상대에게 본능적으로 질투심을 느껴서였는지, 아니면 타고난 변덕 때문이었는지는 모른다. 결국 헤스터는 펄을 억지로 잡아끌어 목사 앞으로 데려갔다. 아이는 몸을 한껏 뒤로 빼면서 묘하게 얼굴을 찡그렸다.

목사는 몹시 민망하고 난처했다. 하지만 한 가닥 기대를 품고 몸을 기울여 펄의 이마에 입을 맞추었다. 그러자 펄은 엄마의 손을 홱 뿌리치고는 개울가로 냅다 뛰어갔다. 거기에 엎드려 물로 이마를 씻었다. 아이는 달갑지 않은 입맞춤의 흔적이 말끔히 사라질 때까지 물에 이마를 담그고 있었다. 그러고는 저만치 떨어져서 엄마와 목사를 바라보았다. 두 사람은 앞으로 해야 할 일에 대해서 이야기를 나누고 있었다.

이제 그들의 운명을 결정하는 만남은 끝이 났다. 골짜기는 다시 우중충한 고목들만 우거진 쓸쓸한 모습으로 돌아갔다. 나무들은 이곳에서 일어났던 일들을 두고두고 속삭일 것이다. 하지만 어느 누구도 그것을 알아듣지는 못할 것이다. 그리고 우울한 개울도 그 작은 가슴에 이미 벅차게 품고 있는 신비로운 이야기에 또 하나의 이야기를 보태게 될 것이다. 지금까지 그래 왔듯이 조금도 명랑해지지 못한 채로…….

제 15 장

갈림길에 선 목사

아서 딤스데일은 헤스터 프린과 펄보다 먼저 숲을 떠나면서 뒤를 돌아보았다. 숲 속에 있는 어미와 아이의 모습을 한 번 더 보고 싶었던 것이리라. 그는 자신의 삶에 다가온 엄청난 변화를 곧바로 받아들일 수가 없었다. 그러나 잿빛 옷을 입은 헤스터는 이끼 더미 옆에 그대로 서 있었다. 그 곁에는 제자리를 되찾은 펄이 있었다. 그제야 목사는 자신이 꿈을 꾼 것이 아니라는 걸 깨달았다.

그는 이상하게 불안해지는 마음을 떨쳐 버리기 위해 헤스터와 함께 세웠던 출발 계획을 다시 점검해 보았다. 두 사람이 내린 결론은 뉴잉글랜드나 아메리카 대륙의 황야보다는 고향인 영국 땅이 피신처로 적당하겠다는 것이었다. 영국에는 도시도 많고 인구도 많지만, 이곳에는 인디언들의 거주지나 해안에 드문드문 흩어져 있는 유럽인들의 정착지밖에 없기 때문이었다.

삼림 지대에서 계속 살아 나가기에는 목사의 건강이 너무나 좋지 않았다. 더욱이 그의 타고난 재능과 교양, 인격은 세련된 문명사회에서 뿌리를 내리고 발전해 나갈 수 있을 것이다.

그들의 계획을 도와주기라도 하듯 마침 항구에는 배 한 척이 정박하고 있었다. 그 배의 이름은 브리스톨호로, 얼마 전 카리브 해에서 왔으며 사흘 뒤면 영국으로 출항할 예정이었다. 헤스터는 그 배에서 자원 봉사자로 일한 적이 있었기에 선장과 선원들을 알고 있었다. 그녀는 선장에게 어른 두 사람과 아이 하나가 탈 자리를 마련해 달라고 부탁했다. 그럴 만한 사정이 있으니 비밀에 부쳐 달라는 부탁도 해 두었다.

사흘 뒤, 그러니까 배가 떠나는 날 딤스데일 목사는 장관 취임 축하 예배에서 설교를 하기로 예정되어 있었다. 이 일은 뉴잉글랜드의 목사로서 참으로 명예로운 일이었다. 딤스데일 목사는 성직자의 자리에서 물러나는 데 이보다 더 좋은 기회는 없을 것이라고 판단했다. 적어도 나중에 사람들이 자신을 가리켜 목사로서의 의무를 다하지 못했거나 잘못 이행했다고 말하지는 않으리라고 생각한 것이다.

목사는 헤스터와 만나고 돌아오면서 온몸에 힘이 솟아나는 것을 느꼈다. 그는 빠른 걸음으로 마을을 향해 걸어갔다. 숲 속의 오솔길은 생각보다 험했고 사람의 발자취도 거의 보이지 않았다. 그러나 목사는 질퍽한 곳은 뛰어 건너고 얽히고설킨 덤불은 헤쳐 나가며 순식간에 숲을 빠져나갔다. 지치지 않는 활력에 스스로 놀랄 정도였다. 바로 이틀 전만 해도 이 길을 걸으며 숨이 차서 몇 번씩이나 멈춰 서곤 했는데 말이다.

마을로 가까이 다가갈수록 그의 눈에는 모든 것들이 사뭇 달라 보였다. 그가 마을을 떠난 지 하루가 아니라 여러 날, 아니 몇 해가 지난 것만 같았다. 실제로는 길거리도 그가 기억하는 모습 그대로였고, 집들의 생김새도 전과 다름없었다. 그런데도 무언가 달라졌다는 느낌을 떨칠 수가 없었다.

거리에서 마주치는 사람들이나 마을 주변의 풍경도 마찬가지였다. 사람들이 더 늙어 보이거나 더 젊어 보이는 것은 아니었다. 늙은이의 수염이 더 희어진 것도 아니었고, 어제 기어 다니던 아기가 오늘 걸어 다니는 것도 아니었다. 하지만 목사가 느끼기에 그들은 어딘가 달라져 있었다.

자신의 교회를 지나칠 때에도 비슷한 인상을 받았다. 교회 건물은 아주 낯선 것 같으면서도 한편으로는 아주 낯익어 갈피를 잡을 수가 없었다. 전에 꿈에서 본 일이 있었던가? 아니면 바로 지금 꿈을 꾸고 있는 것인가.

모든 사물이 이처럼 달라 보이는 것은 사실 그 겉모습과는 아무 상관이 없었다. 그것들을 바라보는 목사의 마음에 급격한 변화가 일어난 것이다. 목사 자신의 의지와 헤스터의 의지, 그리고 두 사람 사이에서 피어난 운명이 이런 변화를 불러일으켰다.

실제로 목사의 마음속에서는 지금껏 그를 지배해 온 가치 기준까지도 완전히 바뀌어 가고 있었다. 그는 집을 향해 한 걸음 한 걸음 발을 옮길 때마다 무언가 나쁜 짓을 저지르고 싶은 충동에 사로잡혔다.

예를 들어 교회의 집사를 만났을 때만 해도 그러했다. 이 선량한 집사는 늘 그래 왔듯 어버이 같은 애정을 갖고 목사에게 인사를 했다. 그는 딤스데일 목사를 거의 숭배하듯 존경했고, 인사를 할 때에도 그 마음이 드러났다. 수염이 하얀 집사가 위엄을 갖추면서도 예의 바르게 존경을 표하는 모습은 더할 나위 없이 아름다워 보였다.

그런데 목사는 이 집사와 이야기를 나누는 동안, 성찬식에 대해 신을 모독하는 말을 하고 싶은 욕구가 마음속에서 솟구쳤다. 입 밖으로 나오려는 말을 가까스로 억눌러야만 했다. 목사는 얼굴이 하얗게 질리며 등골이 오싹해졌다. 자기도 모르는 사이에 혀가 제멋대로 움직여 엄청난 말들을 지껄일까 봐 두려웠던 것이다. 하지만 한편으로는 이 늙은 집사가 만약 자신의 불경한 말을 들으면 얼마나 혼비백산할까 하고 생각하니 속으로 웃음이 나왔다.

이와 비슷한 사건이 또 한 번 있었다. 딤스데일 목사는 거리를 급히 걷다가 자기 교회에서 가장 나이가 많은 여자 신도를 만났다. 그녀는 믿음이 깊고 모범적인 노부인으로, 가난하고 외로운 신세였다. 먼저 세상을 떠난 남편과 친구들, 자식들의 추억을 벗삼아 살아가고 있었다. 그러나 삼십 년 동안 끊임없이 성경을 읽으며 마음의 안식을 찾아 왔다.

딤스데일 목사의 교회에 다니기 시작한 뒤로 그녀에게 가장 큰 위안은 바로 목사를 만나는 것이었다. 그의 입에서 흘러나온 복음의 진리가 영혼을 정화해 주는 것만 같았기 때문이다.

그러나 지금 목사의 머릿속에서는 노파에게 들려줄 성경의 단 한 구절도 떠오르지 않았다. 다만 영원한 삶을 부정하는 짧고도 의미심장한 몇 마디 말이 생각났을 뿐이다. 만약 노파의 정신에 이런 말을 불어넣었더라면 아마 그녀는 독극물 주사를 맞기라도 한 듯 그 자리에 쓰러져 죽었을 것이다. 목사가 이때 무슨 말을 했는지는 그 자신도 기억할 수가 없었다. 다행히 횡설수설하는 바람에 노파가 잘 알아듣지 못한 것 같았다. 아니면 노파는 그가 한 말을 신의 섭리에 비추어 자기 나름대로 해석했을 것이다. 목사가 뒤를 돌아보았을 때, 노파의 주름진 얼굴에는 경건한 마음에서 우러나오는 감사와 기쁨의 빛이 어려 있었다.

이어 세 번째 일이 일어났다. 목사는 늙은 신도와 헤어진 뒤 신도 중에서 가장 젊은 여자 신도를 만났다. 이 신도는 딤스데일 목사가 안식일에 한 설교를 듣고 감명을 받아 교회에 나오기 시작한 처녀였다. 그녀는 천국에 피어난 백합처럼 어여쁘고 순수했다. 목사는 자신이 그녀의 순결한 마음속 성소(聖所)에 모셔져 있다는 것을 잘 알고 있었다.

하지만 이날 오후 사탄은 이 가엾은 처녀를 어머니 곁에서 끌어내어, 타락한 목사가 지나는 길목에 던져 놓았다. 그녀가 가까이 다가오자 사탄은 목사에게 속삭였다. 처녀의 부드러운 가슴속에 악의 씨앗을 떨어뜨리라고 말이다. 그러면 틀림없이 그 씨앗은 검은 꽃을 피우고, 때가 되면 검은 열매를 맺게 되리라는 것이었다. 그녀는 목사를 진심으로 믿고 있어서 그의 눈빛이나 말, 행동 하나하나에도 크게 영향을 받았다. 그래서 목사는 자제심을 발휘하여 외투로 얼굴을 가리고는 재빠르게 그녀의 곁을 지나쳐 갔다. 나중에 그녀가 이런 무례함을 어떻게 생각할지에 대해서는 아랑곳하지 않았다.

그 모습을 본 처녀는 자기가 무슨 잘못을 한 것은 아닌가 싶어 자신을 곰곰이 돌아보았다. 마음속을 샅샅이 뒤져 본 끝에, 심지어 잘못을 부풀려 상상하기까지 하는 것이었다. 이튿날 아침, 이 불쌍한 아가씨는 퉁퉁 부은 눈으로 집안일을 하고 있었다.

마침내 목사는 거리 한복판에서 걸음을 멈추었다. 그러고는 손으로 이마를 치면서 마음속으로 외쳤다.

'이렇게 끊임없이 나를 유혹하는 것이 도대체 무엇인가? 내가 미친 것인가? 아니면 악마의 손에 넘어간 것일까? 숲 속에서 악마와 계약을 맺고 내 피로 이름이라도 적었단 말인가? 그래서 악마가 그 더러운 상상력으로 생각해 낼 수 있는 온갖 흉악한 짓을 일러주어, 계약을 이행하도록 강요하는 것인가?'

아, 가엾은 목사! 그는 꿈같은 행복에 현혹된 나머지 죄의 손아귀에 몸을 맡긴 셈이었다. 그러자 죄악의 독소가 그의 정신 조직 속으로 빠르게 퍼져 나갔다. 그것은 축복받은 충동을 모두 마비시키고 그 대신 악의 충동을 활짝 깨어나게 했다.

이윽고 목사는 묘지 근처에 있는 자신의 집에 다다랐다. 그는 서둘러 계단을 올라가 서재에 몸을 숨겼다. 거리를 지나오는 동안 몇 번이나 유혹에 시달린 그였다. 하지만 유혹에 무릎 꿇지 않고 은신처까지 무사히 돌아오게 되어 정말 다행이었다.

평소에 그는 서재에서 연구를 하고 글을 썼다. 금식을 하고 밤새워 기도를 드린 뒤 지칠 대로 지쳐 반쯤 죽은 상태가 된 적도 많았다.

책상 위에는 장관 취임 축하 설교를 위한 원고가 있었고, 그 옆에는 잉크 묻은 펜이 놓여 있었다. 이틀 전에 원고를 쓰다가 생각이 잘 떠오르지 않아 멈춘 상태 그대로였다.

그가 생각에 잠겨 있을 때 밖에서 서재 문을 두드리는 소리가 들려왔다.

"들어오시오!"

목사가 대답했다. 그는 혹시나 악마가 들어오는 것이 아닌가 하는 생각에 갑자기 두려워졌다.

아니나 다를까, 문을 열고 들어온 사람은 바로 로저 칠링워스였다. 목사는 얼굴이 백지장처럼 하얗게 질렸다. 그는 한 손은 히브리 어 성경에, 다른 손은 가슴에 얹고 말없이 서 있었다.

로저 칠링워스가 말했다.

"잘 다녀오셨습니까, 목사님! 그런데 안색이 좋지 않군요. 여행이 무척 힘드셨나 봅니다. 경축일에 설교를 하시려면 기운을 되찾아야 할 텐데, 내가 좀 보살펴 드릴까요?"

그러자 목사가 대답했다.

"아니오, 괜찮습니다. 성스러운 전도사님을 만나고 신선한 공기까지 마시니 참 좋더군요. 너무 오랫동안 서재에 틀어박혀 있었나 봅니다. 선생님은 나를 매우 친절하게 치료해 주셨고 약도 효험이 있었어요. 하지만 더 이상은 필요하지 않을 것 같군요."

로저 칠링워스는 환자를 관찰하는 의사의 신중한 눈빛으로 목사를 쳐다보고 있었다. 그러나 목사는 그가 헤스터 프린과 자신이 만난 사실을 눈치 챘거나 적어도 의심하고 있다는 것을 확실히 느꼈다. 이때 의사도 목사의 눈에 비친 자신의 모습이 이제는 믿음직한 친구가 아닌 무서운 원수라는 것을 알아차렸다. 서로에 대해 이만큼 알게 된 이상, 이제 그 실체가 부분적으로라도 드러날 터였다.

하지만 두 사람 모두 문제를 건드리고 싶어 하지 않는 눈치였다. 목사는 로저 칠링워스가 서로의 처지를 드러내 놓고 말할 거라는 걱정은 하지 않았다. 그러나 의사는 음흉한 방법으로 비밀에 접근해 왔다.

의사가 입을 열었다.

"그래도 오늘 밤에는 변변찮으나마 내 치료를 받아 두시는 게 좋지 않을까요? 이번 설교를 잘하시려면 정말이지 세심하게 건강을 돌보셔야 합니다. 주민들은 목사님에게 굉장한 기대를 걸고 있어요. 해가 바뀌면 목사님이 다른 곳으로 가시지나 않을까 하고 걱정하고 있거든요."

목사가 경건한 말투로 대답했다.

"저 세상에 가 있을지도 모르지요. 그곳이 천국이라면 좋겠습니다만……. 사실 앞으로 일 년이나 더 그들과 함께 지낼 수 있을지 잘 모르겠습니다. 하지만 의사 선생님, 지금 내 건강 상태로는 선생님의 약이 필요치 않을 것 같군요."

"그거 듣던 중 반가운 말씀이구려. 내 약이 오랫동안 효험을 보지 못하더니 이제야 효과가 나타나는 모양입니다. 목사님의 병이 나았다면 저로서는 더없이 기쁜 일이지요. 뉴잉글랜드의 모든 사람들에게서 감사 인사를 받아도 되겠는걸요."

"언제나 잘 보살펴 주신 데 대해 진심으로 감사드립니다. 선생님의 은혜는 기도로 갚을 수밖에 없나 봅니다."

딤스데일 목사가 진지한 표정으로 미소를 지으며 말했다.

"훌륭한 분의 기도는 금화와도 같지요."

로저 칠링워스가 대답했다. 그러고는 방을 나서면서 덧붙여 말했다.

"그것은 새 예루살렘에서 쓰이는 금화입니다. 거기에는 하나님의 각인이 새겨져 있지요!"

의사가 나가자, 목사는 하인을 불러 먹을 것을 가져오라고 일렀다. 잠시 후 음식이 도착하자마자 그는 전에 없이 왕성한 식욕으로 그것을 먹어 치웠다. 그런 다음 쓰다 만 설교 원고를 구겨 난롯불에 던져넣고 곧바로 다시 쓰기 시작했다. 이번에는 생각과 감정이 용솟음치듯 흘러나왔기 때문에 그는 자신이 하나님의 계시라도 받은 것이 아닌가 싶었다. 하나님이 하필이면 자신처럼 추악한 오르간을 통해 장엄하고도 성스러운 음악을 전하다니 놀라울 따름이었다.

이날 밤은 마치 날개 달린 말처럼 빠르게 지나갔고, 목사는 그 위에 타고 있는 기사 같았다. 어느새 새벽빛이 얼굴을 붉히며 커튼 사이로 고개를 들이밀었다. 그리고 마침내 금빛 아침 햇살이 서재로 들어와 목사의 눈을 비스듬히 가로질렀다. 그는 여전히 펜을 쥔 채 앉아 있었고, 그 앞에 놓인 종이는 자잘한 글씨로 빼곡히 채워져 있었다.

제 16 장

뉴잉글랜드의 경축일

새 장관이 취임하는 날, 헤스터 프린과 펄은 아침 일찍 광장으로 나왔다. 광장은 벌써 온갖 일꾼들과 그 밖의 사람들로 북적거렸다. 그 가운데에는 차림새가 거친 사람들도 많았다. 그들은 사슴 가죽으로 만든 옷을 입고 있어, 삼림 지대에 사는 사람들이라는 것을 한눈에 알 수 있었다.

이번 경축일에도 헤스터는 지난 칠 년간 늘 그래 왔듯 초라한 잿빛 옷을 입고 있었다. 옷의 빛깔 때문이라기보다는 말로 표현하기 힘든 독특한 모양 때문에 헤스터의 아름다움은 겉으로 드러나지 않았다. 그동안 사람들의 눈에 익은 그녀의 얼굴은 차가워 보일 정도로 차분했다. 가면 같기도 하고, 죽은 여인의 얼굴

같기도 한…….

그런데 이날만큼은 헤스터의 얼굴에 지금까지 볼 수 없었던 표정이 감돌았다. 그 표정은 사람들의 눈에 띌 정도로 뚜렷한 것은 아니었다. 만약 누군가가 그것을 알아보았다면, 그는 이 여자가 오랫동안 고통이라 여겼던 징표를 승리의 징표로 바꾸려 하고 있다는 것까지 알아차렸을 것이다.

그녀는 어쩌면 사람들을 향해 이렇게 말하고 있는 것인지도 몰랐다.

'자, 주홍 글씨와 그것을 가슴에 단 사람을 마지막으로 봐 두시오! 조금 뒤면 이 몸은 당신들의 손길이 미치지 않는 곳으로 간다오. 그리고 당신들이 이 가슴 위에서 타오르게 했던 주홍 글씨는 저 깊고 신비로운 바다가 삼켜 버리고 말 거요.'

펄은 이날따라 이상하리만큼 들떠 있었다. 그래서 엄마를 따라 걷고 있다기보다는 새처럼 훨훨 날아다니는 듯 보였다. 그러다 알아들을 수도 없는 말들을 노래처럼 흥얼거리곤 하였다. 펄은 광장에 이르자 왁자지껄한 분위기에 더욱 들떴다. 평소 이곳은 넓고 쓸쓸한 풀밭이나 다름없었기 때문이다.

펄이 큰 소리로 외쳤다.

"어머나, 이게 웬일이에요, 엄마? 오늘은 왜 다들 쉬고 있는 거죠? 저 대장장이 아저씨 좀 봐요! 검댕이 묻은 얼굴을 깨끗이 씻고 나들이옷을 입었네. 간수 할아버지는 나를 보고 웃으면서 고개를 끄덕이고. 어쩌면 이렇게 사람들이 많이 모여 있을까? 인디언도, 뱃사람도 있어요! 다들 여기에 뭐 하러 온 거예요?"

"행렬이 지나가는 것을 구경하려고 기다리는 거란다. 장관님이랑 치안 판사님들이 지나갈 거야. 목사님들이랑 군인 아저씨들도 행진할 거고. 군악대를 따라서 말야."

헤스터가 대답했다.

"그럼, 그 목사님도 오시겠네요? 오늘도 두 손을 내밀어 나를 반겨 주실까요? 엄마가 나를 그분 앞으로 데려갔을 때처럼 말이에요."

펄이 물었다.

"그래. 목사님도 나오실 거다. 하지만 오늘은 너를 보시더라도 아는 척은 하지 않으실 거야. 너도 아는 체를 해서는 안 돼."

"참 이상하고도 불쌍한 분이야. 목사님은 캄캄한 밤중에 우리를 불러 엄마 손이랑 내 손을 잡아 주셨지. 저기 저 숲 속에서는 엄마와 나란히 앉아 이야기도 나누었고, 내 이마에다 입을 맞춰 주셨잖아? 그런데 이렇게 햇빛이 환히 비치고 사람이 많은 곳에선 왜 우리를 모른 척하실까? 참 불쌍한 목사님. 언제나 가슴에 손을 얹고 있는 목사님……."

펄이 혼잣말처럼 중얼거렸다.

"입 다물지 못하겠니, 펄! 너는 아직 그런 건 몰라도 된다. 목사님 생각일랑 그만하고 여기를 좀 둘러보려무나. 오늘은 다들 즐거워 보이지? 오늘부터 새 장관님이 우리를 다스리게 된대. 그래서 다들 즐거워하고 기뻐하는 거란다."

헤스터의 말대로 사람들의 표정은 밝았다. 청교도들은 일 년 중에서도 경축일만큼은 즐거운 기분을 한껏 만끽했다. 이날 하루만이라도 평소에 드리우고 있던 우울한 구름을 날려 보내려는 듯이 말이다.

그런데 어쩌면 우리는 이 시대의 분위기를 대표하는 회색과 검은색을 과장해서 생각하고 있는지도 모른다. 여기 보스턴의 광장에 모여 있는 사람들이 태어날 때부터 청교도적인 우울함을 지녔던 것은 아니다. 그들은 영국에서 태어났으며, 그들의 조상은 엘리자베스 시대의 밝고 풍요로운 분위기 속에서 살았다. 그 당시 영국에서 살아가던 사람들은 세계에서 유례를 찾아볼 수 없을 만큼 위풍당당하고 장엄하며 유쾌했다.

그 시대의 풍습이 이어져 내려왔더라면, 뉴잉글랜드로 이주한 사람들은 공적으로 중요한 일이 있을 때마다 불꽃놀이와 꽃수레 행진 같은 화려한 행사를 벌였을 것이다. 엄숙한 의식을 치를 때에도 국민들 모두가 화려하고 아름다운 자수가 놓인 예복을 차려입었을 것이다.

이 공화국을 건설한 사람들, 즉 정치가나 목사, 군인 들은 위엄을 갖추는 것을 자신들의 의무라고 생각했다. 그래서 예복을 차려입고 백성들이 보는 앞에서 행진을 함으로써 이제 막 새로

갖춰진 정부 조직에 위엄을 더하려 한 것이다. 그리고 백성들에게도 이날 하루만큼은 평소 종교 활동을 하듯 부지런히 해 오던 고된 일을 내려놓고 숨을 돌리라고 허락해 주었다.

광장을 수놓은 한 폭의 풍속화 같은 풍경은 전반적으로 잿빛과 갈색, 검은색으로 물들어 있었지만, 군데군데 이색적인 빛깔이 섞여 들어 활기를 띠었다.

독특한 차림을 한 몇몇 인디언들이 군중과 조금 떨어진 곳에 서 있었다. 그들은 기묘하게 수를 놓은 사슴 가죽 옷에다 조개껍질을 꿰어 만든 허리띠를 두르고 있었으며, 얼굴에는 빨간색과 노란색 물감을 칠했고 머리에는 깃털을 꽂고 있었다. 활과 창으로 무장을 한 채 청교도들보다 더욱 무뚝뚝한 표정으로 서 있었다.

인디언들도 거칠어 보이긴 했지만 이 광장에서는 그들보다 더 거칠어 보이는 사람들이 있었다. 바로 경축일 행사를 구경하려고 상륙한 뱃사람들이었다. 그들은 얼굴이 검게 그을고 수염이 텁수룩하게 나 있었다.

그중에서도 선장은 옷차림에 관한 한 누구보다도 요란해서, 사람들 사이에 끼어 있어도 금방 눈에 띄었다. 리본이 달린 옷에다 모자에는 금 레이스를 붙이고 금 사슬을 둘렀으며, 모자 꼭대기에는 깃털을 꽂았다. 옆구리에는 칼을 차고 있었고 이마에는 칼자국이 보였는데, 머리를 빗어 넘긴 품이 상처를 보란

듯 드러내 놓은 것 같았다. 이 사람은 브리스톨호의 선장이었다. 그는 로저 칠링워스와 무척 다정하게 이야기를 나누며 광장으로 들어서고 있었다.

선장은 의사와 헤어진 뒤 혼자서 광장을 어슬렁어슬렁 돌아다녔다. 그러다 우연히 헤스터 프린이 서 있는 곳에 이르렀다. 그는 헤스터를 알아보고는 선뜻 말을 걸었다.

"그런데 말이죠, 부인. 부인이 계약한 것 말고 침대를 하나 더 마련하라고 선원에게 일러두어야겠습니다."

"아니, 그게 무슨 말씀인가요? 승객이 또 있다는 거예요?"

헤스터가 놀라서 물었다.

"아, 아직 모르고 계셨나요? 이곳에 사는 그 의사 말입니다. 칠링워스라고 하던가? 그 사람이 당신들과 함께 배에 타겠다는 거예요. 그가 말하길, 자기가 당신들과는 동행이고 전에 부인이 말한 그 신사와는 친한 사이라고 하더군요. 그 신사는 지금 고약한 청교도 관리들이 노리고 있어 신변이 위태롭다던데요."

"물론 두 분이야 서로 잘 아는 사이지요. 오랫동안 같이 살았으니까요."

헤스터는 애써 태연한 척하며 대답했다.

두 사람은 더 이상 이야기를 나누지 않았다.

그런데 이때, 헤스터는 광장 한구석에 서 있는 로저 칠링워스와 눈이 마주쳤다. 그는 헤스터를 바라보며 빙그레 웃고 있었다.

은밀하고도 무시무시한 뜻을 머금은 채······.

헤스터 프린은 예기치 못한 사태에 어떻게 대처해야 할지 몰라 멍하니 서 있었다.

이윽고 군악대의 연주 소리가 들려왔다. 치안 판사들과 주민들이 교회로 행진하고 있다는 것을 알리는 소리였다.

곧이어 행렬의 선두가 위엄을 띠고 천천히 나타났다. 길 모퉁이를 돌아 광장을 가로질러 들어오는 것이 보였다. 선두는 군악대였다. 여러 가지 악기로 구성된 군악대의 연주는 화음이 잘 맞지 않았고 연주 솜씨도 그다지 훌륭하지 않았다. 하지만 곧 등장할 오늘의 주인공에게 영웅적인 모습을 부여한다는 임무를 충실히 수행하고 있었다.

이어 호위대를 이루는 군인들이 자부심 어린 태도로 행진했고, 그 바로 뒤로 관료들의 모습이 나타났다. 구경꾼들의 눈길은 관료들에게 집중되었다. 그들의 위엄 있는 태도에 비하면 군인들의 거만한 걸음걸이는 다소 유치해 보이기까지 했다.

관료들 다음으로는 오늘의 축하 설교를 맡은 아서 딤스데일 목사가 걸어왔다. 이 시대에는 정치가들보다는 성직자들이 지적 능력을 더 크게 발휘할 수 있었다. 목사라는 직업은 사회에서 숭배에 가까운 존경을 받았다. 그래서 권력을 꿈꾸는 야심가들조차도 목사가 되려고 할 정도였다. 성공한 목사는 정치 세력까지도 장악할 수 있었던 것이다.

딤스데일 목사는 일찍이 뉴잉글랜드 해안에 발을 들여놓은 이래로 오늘처럼 씩씩한 걸음걸이와 태도를 보인 적이 한 번도 없었다. 몸도 구부정하지 않았고 손도 가슴 위로 올라가 있지 않았다.

그러나 그의 표정은 어딘가에 넋을 잃은 듯 보였다. 그가 과연 음악을 듣고 있는지조차 의심스러울 정도였다. 그의 몸은 알 수 없는 힘으로 계속 앞으로 나아갔다. 그런데 그의 정신은 자신만의 세계에 깊숙이 들어가 있었다. 주위에서 벌어지는 일은 그에게 보이지도 들리지도 않았다.

헤스터 프린은 딤스데일 목사를 가만히 지켜보면서 왠지 쓸쓸한 기분이 들었다. 그것이 무엇 때문인지, 어디서 오는 것인지는 알 수 없었다. 다만 목사가 그녀의 세계에서 너무 멀리 떨어져 있어 도저히 손길이 닿지 않을 것만 같았다.

헤스터는 어두침침한 숲 속에서 있었던 일을 생각했다. 그곳에는 작은 골짜기가 있었고, 사랑과 고뇌가 있었고, 이끼 더미가 있었다. 거기서 두 사람은 손을 맞잡고 우울한 개울의 속삭임을 들으며 슬프고도 정열적인 이야기를 나누었다.

그때 그들은 얼마나 깊이 서로의 심정을 이해할 수 있었던가! 그런데 저 사람이 바로 그 사람이란 말인가? 지금으로서는 전혀 아는 사람 같지가 않았다. 그는 화려한 연주 소리에 둘러싸여 자랑스럽게 걸어 나가고 있었다. 그녀의 마음은 점점 무거워졌다. 모든 것이 헛된 망상인 듯했고, 목사와 자신 사이에는 이제 껏 꿈꾸었던 진실한 유대란 없을 것만 같았다.

어느새 교회에서는 개회 기도가 끝나고 딤스데일 목사의 설교가 시작되었다. 헤스터는 피할 수 없는 힘에 이끌리듯 교회로 다가갔다. 교회 안은 청중으로 가득 차서 한 사람도 발을 들여놓을 틈이 없었다. 그녀는 처형대 바로 옆에 자리를 잡았다. 그곳은 설교 내용을 알아들을 수 있을 정도로 강단과 가까웠다. 또렷하게 들리지는 않았지만 목사 특유의 목소리가 여러 가지 억양에 실려 흘러나왔다.

목사의 목소리는 타고난 재능이었다. 청중은 설교의 뜻을 이해하든 못하든 그의 말투와 억양만으로도 감동하여 몸을 떨었다. 그의 목소리는 아름다운 음악과도 같았다. 그래서 듣는 사람의 교육 수준에 관계없이 모두에게 똑같이 통하는 언어로 정열과 애수를 오가는 감정을 전해 주었다.

목사의 목소리는 때때로 장엄하게 들리기는 해도 그 밑바닥에는 언제나 슬픔이 사무쳐 있었다. 높은 목소리도 낮은 목소리도 모두 고뇌를 나타냈다. 속삭임도 부르짖음도, 모두 고통으로 몸부림치는 인간이 내는 소리였다. 거기에는 듣는 사람의 가슴을 파고드는 무언가가 있었다.

헤스터는 처형대 옆에 붙박인 듯 우두커니 서 있었다. 설령 목사의 목소리가 그녀를 그곳에 붙들어 놓지 않았더라도, 그녀에게는 치욕적인 삶의 첫발자국을 새긴 곳인 만큼 자석과 같은 힘에 이끌렸을지도 모른다.

한편, 펄은 엄마 곁을 떠나 광장을 돌아다니고 있었다. 아까 헤스터 프린과 이야기를 나누었던 선장이 펄의 귀여운 모습에 이끌려 아이에게 다가왔다. 그는 입을 맞추어 주려고 펄에게 두 손을 내밀었다. 그러나 이 아이를 붙잡기란 날아다니는 벌새를 잡는 것만큼이나 어렵다는 것을 곧바로 알아차렸다. 선장은 모자에 감았던 금 사슬을 풀어 펄을 향해 던졌다. 펄은 사슬을 잡아 목과 허리에 감았다. 그것은 금세 펄의 몸의 일부가 된 듯 잘 어울렸다.

"저기에 서 있는, 가슴에 주홍 글씨를 단 여자가 네 엄마지? 엄마한테 가서 내 말을 좀 전해 주겠니?"

선장이 물었다.

"내 마음에 드는 말이라면 전해 주겠어요."

펄이 대답했다.

"그럼 이렇게 말해 주렴. 저기 얼굴이 검고 어깨가 굽은 의사 할아버지가 보이지? 저 할아버지는 자기가 직접 친구를 데려와서 배에 타겠대. 그러니까 엄마는 너랑 엄마만 신경 쓰면 된다고 전해 주려무나. 알았니? 이 꼬마 마녀야!"

펄은 광장을 가로질러 엄마에게 돌아와, 선장이 한 말을 그대로 전했다.

아이의 말을 들은 헤스터는 하마터면 그 자리에 주저앉을 뻔했다. 그동안 침착하고 꿋꿋하게 버텨 오던 그녀의 정신도, 냉혹하기 짝이 없는 운명 앞에서는 힘을 잃은 듯했다. 그녀가 목사와 함께 비참한 미로에서 벗어날 길이 열렸다고 여긴 순간, 운명은 잔인한 웃음을 머금고 나타나 그들의 앞길을 가로막은 것이다.

헤스터가 이처럼 난관에 빠져 괴로워하고 있을 때, 그녀에게 또 다른 시련이 닥쳤다. 보스턴 근처의 시골에서 온 사람들이, 그동안 소문으로만 듣던 주홍 글씨를 보러 몰려들기 시작한 것이다. 다만 가까이 다가서지는 못하고 오 미터가량 거리를 두고서 그녀를 에워쌌다. 덩달아 뱃사람들도 까맣게 그을린 얼굴을 구경꾼들의 어깨 너머로 내밀었다. 인디언들까지도 그 틈을 비집고 들어와 헤스터의 가슴을 뚫어지게 바라보았다.

나중에는 마을 사람들마저도 차가운 눈빛으로 주홍 글씨를 바라보았다. 그동안 하도 많이 보아 시들해졌을 법하건만, 다른 사람들이 흥미를 보이자 관심이 되살아난 듯했다.

헤스터는 칠 년 전 감옥 문을 나설 때 받았던 치욕의 시선을 다시금 감내해야만 했다. 얼마 뒤면 떼어 버리려 했던 주홍 글씨가 마지막 순간에 이르러 그녀를 괴롭히고 있는 것이다. 이 순간, 그녀는 주홍 글씨를 가슴에 단 뒤로 그 어느 때보다도 마음이 아팠다.

그렇게 헤스터는 치욕의 둥근 원 안에 서 있었다. 그사이 훌륭한 설교자는 성스러운 강단에서 청중을 내려다보고 있었다. 청중은 자신들의 영혼을 설교자에게 송두리째 내맡긴 채 앉아 있었다.

교회 강단에 서 있는 성자 같은 목사! 광장에서 주홍 글씨를 달고 서 있는 여인! 이 두 사람의 가슴에 똑같이 불타는 치욕의 낙인이 찍혀 있으리라고 어느 누가 상상할 수 있었겠는가!

제 17 장

모든 것이 드러나다

목사의 설교는 이제 마무리 단계에 접어들고 있었다. 그의 유창한 웅변에 청중의 영혼은 파도에 올라탄 듯 크게 굽이치며 치솟아 올랐다. 마침내 설교가 끝나자, 교회 안에는 흡사 하나님의 말씀이 끝나기라도 한 것처럼 깊은 침묵이 흘렀다. 잠시 후, 속삭이는 소리에 이어 웅성거리는 소리가 여기저기서 들려왔다.

사람들은 마치 엄청난 마법에 걸려 다른 사람의 마음속으로 들어갔다가 나온 듯한 느낌에 사로잡혔다. 그러나 아직도 두려움과 놀라움을 묵직하게 안은 채 서서히 제정신으로 돌아오고 있었다.

이윽고 그들은 교회 문 밖으로 밀려나오기 시작했다. 밖으로 나오자, 황홀했던 감정은 전부 말이 되어 쏟아져 나왔다. 거리와 장터 곳곳은 목사를 칭송하는 말로 온통 들끓었다. 설교를 들은 사람들은 각자 본 것과 들은 것을 이야기하기에 바빴다. 그들의 말에 따르면, 딤스데일 목사만큼 현명하고 고귀하고 성스러운 정신으로 설교한 사람은 지금껏 없었다. 또한 인간의 입을 빌려 나타난 하나님의 계시 가운데 이 목사의 입을 통해 나온 것만큼 생생했던 것 역시 들어 보지 못했다.

다시금 군악대의 요란한 연주가 시작되고, 교회 앞을 지나는 호위대의 발소리가 규칙적으로 울려 퍼졌다. 이제 행렬은 공회당으로 가서 잔치를 벌이는 것으로 이날의 의식을 마칠 예정이었다. 이윽고 나이 지긋한 원로들이 사람들 사이로 걸어 나왔다. 장관을 비롯하여 치안 판사들, 현명한 노인들, 위엄 있는 목사들, 그 밖에 저명한 인사들이 나오자 사람들은 공손히 길을 비켜 주었다. 그들이 광장에 다다랐을 때 사람들은 환호성을 지르며 그들을 맞이했다.

광장을 빼곡히 메운 사람들은 교향악을 울리기라도 하듯 열정으로 가득 찬 함성을 질렀다. 목사의 설교는 그들의 마음뿐만 아니라 목소리까지 하나로 울리게 했다. 뉴잉글랜드에서 이만한 환호성이 일었던 적은 일찍이 없었다. 뉴잉글랜드에서 이 목사만큼 사람들의 존경을 한 몸에 받은 사람도 일찍이 없었다.

군인과 정부 원로들의 행렬이 지나가자, 사람들은 목사가 끼여 있을 만한 대열로 일제히 눈을 돌렸다. 그들이 차례로 목사의 모습을 발견함에 따라 조금 전의 환호성은 잦아들어 웅성거림으로 바뀌었다.

그런데 딤스데일 목사는 왜 저리도 힘이 없고 창백해 보일까! 방금 전까지만 해도 그의 뺨을 물들였던 붉은빛은 잿더미 속에서 꺼진 불씨처럼 사라져 버렸다. 비틀거리면서 금방이라도 쓰러질 듯 걸어가는 그의 모습은 도무지 생명이 있는 사람 같지가 않았다.

이때 존 윌슨 목사가 딤스데일 목사를 보고 당황하여 그를 부축하려고 곁으로 다가섰다. 그러나 딤스데일 목사는 부들부들 떨면서도 단호하게 늙은 목사의 팔을 뿌리쳤다. 그러고는 앞으로 계속 걸어 나갔다.

마침내 그는 처형대 앞에 이르러 걸음을 멈추었다. 그곳에는 가슴에 주홍 글씨를 단 헤스터가 펄의 손목을 잡고 서 있었다. 행렬은 웅장하고도 환희에 넘치는 행진곡에 발을 맞추어 나아갔다. 음악 소리는 목사의 발걸음 역시 재촉하였으나 그는 그 자리에 그대로 서 있었다.

벨링엄 장관은 조금 전부터 걱정 어린 시선으로 딤스데일 목사를 지켜보고 있었다. 그가 곧 쓰러지리라고 판단한 장관은 마침내 행렬에서 빠져나와 그를 부축하러 갔다. 그러나 목사는 장관이 선뜻 다가설 수 없게 하는 강한 의지를 얼굴에 내비쳤다.

장관은 멈칫하며 그 자리에 섰다. 사람들은 두렵고 놀란 얼굴로 그들을 바라보았다.

목사는 처형대 쪽으로 돌아서서 두 팔을 벌렸다.

그가 말했다.

"헤스터, 이리 와요! 펄도 이리 온!"

모녀를 바라보는 목사의 표정은 참담하면서도 부드러웠다. 그리고 눈에는 묘한 승리의 빛이 감돌았다. 펄은 새처럼 날렵하게 목사에게 달려가 두 팔로 그의 무릎을 끌어안았다. 헤스터 프린은 운명에 이끌리듯 천천히 다가가다가 갑자기 멈칫했다. 때마침 로저 칠링워스가 군중을 헤치고 뛰쳐나와 목사의 앞을 가로막았던 것이다.

그는 목사의 팔을 꽉 붙들고는 나지막하게 속삭였다.

"그만두시오. 미친 사람 같으니! 대체 어쩌려고 이러는 거요? 저 여인을 물리치시오. 이 아이도 밀어내고! 그러면 모든 일이 잘될 거요. 스스로 명예를 더럽히지 마시오. 나는 당신을 구해 줄 수 있소. 당신은 거룩한 성직을 내버릴 작정이오?"

"아, 악마 같은 사람! 하지만 이미 늦었소. 당신의 힘도 이제는 전과 다르오. 나는 하나님의 도움으로 당신의 손아귀에서 벗어 나고야 말 것이오!"

목사는 겁에 질려 있으면서도 로저 칠링워스의 눈을 똑바로 노려보며 외쳤다.

그는 또다시 헤스터에게 손을 내밀며 간곡하게 부르짖었다.

"헤스터 프린! 내가 칠 년 전에 하지 못했던 일을 이제야 할 수 있겠구려. 그 은혜를 베풀어 주신 하나님의 이름으로 부탁하겠소. 자, 이리 와서 당신의 힘으로 나를 부축해 주오. 지금 이 가련한 노인은 있는 힘을 다해 그 뜻을 거스르려 하고 있소. 헤스터, 이리 오시오. 어서 나를 부축하여 저 처형대 위로 오르게 해 주시오!"

군중이 크게 술렁거렸다. 딤스데일 목사 가까이에 서 있던 지체 높은 사람들은 소스라치게 놀랐다. 그들은 눈앞에서 벌어지는 상황을 이해하지 못해 그저 멍하니 바라보고만 있었다.

사람들은 목사가 헤스터 프린의 어깨에 기대어 처형대의 계단을 오르는 것을 지켜보았다. 목사의 한 손은 펄의 손을 꼭 쥐고 있었다. 로저 칠링워스가 그 뒤를 따랐다.

그는 이글이글 타오르는 눈빛으로 목사를 쏘아보며 말했다.

"당신이 아무리 온 세상을 찾아 헤매더라도 내 눈을 피해 숨을 장소는 없소. 이 처형대를 빼놓고는 말이오."

"나를 이곳으로 인도하신 하나님께 감사할 따름이오."

목사가 대답했다.

그러나 그는 떨고 있었다. 입가에 희미한 미소를 띠고 있었지만 눈에는 의심과 불안의 빛이 역력했다. 그는 헤스터에게 몸을 돌려 나지막이 속삭였다.

"우리가 숲 속에서 꿈꾸었던 것보다는 이렇게 하는 편이 훨씬 낫지 않소?"

"모르겠어요. 전 모르겠어요. 이것이 더 낫다고요? 그래요. 우리는 이렇게 함께 죽고 마는군요. 어린 펄도……."

그녀가 대답했다.

"당신과 펄은 하나님이 명령하시는 대로 따르시오. 하나님은 자비로운 분이오. 이제 나는 그분이 밝혀 주신 뜻을 따르겠소. 헤스터, 나는 곧 죽을 사람이오. 그러니 어서 수모를 겪도록 해 주시오."

말을 마치자 딤스데일 목사는 사람들에게 얼굴을 돌렸다. 그는 위엄 있는 통치자들이며 자신의 동료였던 목사들, 그리고 군중 쪽으로 천천히 돌아섰다. 사람들은 놀라서 어안이 벙벙했으나 한편으로는 눈물 어린 동정심을 보였다. 무언가 심각한 일이, 그것도 죄와 고민과 후회로 가득한 인생 문제가 눈앞에 펼쳐지려 한다는 것을 알아차렸던 것이다.

정오를 막 지난 시간이었다. 태양빛이 목사의 머리 위로 곧게 내리쬐어 그의 모습을 뚜렷이 드러냈다.

그는 큰 소리로 외쳤다.

"뉴잉글랜드 주민 여러분! 나를 사랑해 주셨고, 나를 성스러이 여겨 주시던 여러분! 이 사람을 보십시오. 이 세상에 하나밖에 없는 이 죄인을! 나는 칠 년 전에 이 여인과 함께 섰어야 할

이 자리에 지금에야 섰습니다. 이 여인은 내가 여기를 기어오른 힘보다 더 굳센 힘으로 나를 부축하고 있습니다. 보십시오. 헤스터가 달고 있는 주홍 글씨를! 여러분은 모두 그것을 보고 몸서리를 치셨지요. 그녀가 어디를 걸어가더라도, 무거운 짐을 짊어진 그녀가 안식을 찾으려는 어느 곳에서도, 주홍 글씨는 그녀의 주위에 소름 끼치는 두려움과 무서운 혐오의 눈길을 끌어 모았습니다. 그러나 여러분은 죄와 치욕의 낙인이 찍힌 또 한 사람을 대할 때는 몸서리치지 않았습니다.”

목사는 여기까지 말하고는 기력을 잃은 듯 휘청거렸다. 마치 비밀의 나머지 부분은 고백하지 못할 것 같았다. 그러나 그는 자신을 사로잡으려 하는 육체의 쇠약함을 물리치고 정신을 가다듬었다. 그는 부축하는 손을 뿌리치며 앞으로 한 걸음 나섰다.

“그 낙인은 이 사람에게도 찍혀 있습니다.”

목사가 자신의 가슴을 가리키며 말을 이어 나갔다. 그는 모든 것을 밝히기로 굳게 마음먹었다.

“하나님은 그것을 보셨습니다. 천사들도 언제나 그것을 향해 손가락질을 하고 있었습니다. 악마도 그것을 알아보고 손가락으로 건드려 괴롭혔습니다. 하지만 그는 세상 사람들의 눈앞에서는 그것을 교묘하게 감추었습니다. 그리고는 죄 많은 세상에서 자신만이 순결하여 마음이 아프다는 듯한 표정으로, 혹은 천국의 형제들이 그리워 슬프다는 듯한 표정으로 여러분 사이를 걸어 다녔습니다. 하지만 지금 그는 죽음을 눈앞에 두고 여러분 앞에 서 있습니다.

그는 여러분에게 다시 한 번 헤스터의 주홍 글씨를 바라보라고 부탁드립니다. 그녀의 주홍 글씨는 신비롭고 무서워 보일 것입니다. 하지만 사실 그것은 그의 가슴에 찍힌 낙인의 그림자에 지나지 않습니다. 또한 그가 지닌 낙인마저도 그 마음속을 불태우는 징표를 본뜬 것에 지나지 않습니다. 죄에 대한 하나님의 심판을 의심하는 분이 이 자리에 계신가요? 자, 보십시오! 그 무서운 죄의 증거를!"

목사는 안간힘을 써서 가슴에 붙은 목사복의 띠를 떼어 버렸다. 증거는 드러났다! 하지만 그것을 여기서 묘사하는 것은 불경스러운 일이다. 순간, 공포에 질린 사람들의 시선이 이 끔찍한 기적 위에 쏠렸다. 그동안 목사는 상기된 얼굴로 서 있었다. 그 모습은 고통의 절정에서 마침내 승리를 거둔 사람 같았다.

그는 곧 처형대에 힘없이 쓰러지고 말았다. 헤스터는 그의 몸을 반쯤 일으켜 그의 머리를 자기 가슴에 부둥켜안았다. 로저 칠링워스는 그 옆에 무릎을 꿇었다. 그는 마치 넋을 잃은 사람처럼 멍한 표정으로 중얼거렸다.

"기어이 내게서 도망쳐 버렸군! 기어이 내게서 벗어나 버리고 말았어!"

그는 몇 번이나 되풀이하여 말했다.

“하나님, 이 사람을 용서하소서! 당신도 크게 죄를 지었소!”

목사가 죽음이 깃든 시선으로 로저 칠링워스를 바라보며 말했다. 그러고는 펄과 헤스터에게 눈길을 돌렸다.

“내 사랑스런 펄.”

그가 힘없이 말했다. 그의 얼굴에는 포근한 안식에 들어선 영혼의 미소와 같은 부드러운 미소가 번졌다. 그는 죄의 짐을 훌훌 벗어 버리고 나니 아이와 더불어 장난이라도 치고 싶은 듯했다.

“이제는 내게 입 맞춰 주겠니? 저 숲 속에서는 싫다고 했지. 하지만 지금은 그렇게 해 주겠지?”

펄은 그의 입술에 입을 맞추었다. 이제 그들을 묶었던 마법은 풀렸다. 이 비극적 장면 앞에서는 야생마 같은 아이의 마음속에서도 동정심이 우러났다. 뒤이어 펄은 아버지의 뺨에 눈물을 떨구었다. 이 눈물은 펄이 인간의 기쁨과 슬픔 속에서 자라나, 앞으로 다시는 세상을 상대로 싸우지 않으며 어엿한 여인이 되겠다는 맹세였다. 지금까지 엄마를 괴롭혀 온 펄의 역할도 이제는 끝이 났다.

“헤스터, 부디 잘 있어요.”

목사가 말했다.

그녀는 목사의 얼굴에 자신의 얼굴을 바싹 대고 속삭였다.

“우린 이제 다시는 만나지 못하는 건가요? 정말로 우리는 함께 영원한 삶을 누리지 못할까요? 우리는 고통을 겪는 것으로 서로 속죄한 거예요. 당신은 그 빛나는 눈으로 저 멀리 영원의 세계를 보고 있나요? 무엇이 보이는지 말해 주세요!"

"쉿, 헤스터. 말하지 말아요."

목사는 떨리는 목소리로 엄숙하게 말했다.

"우리는 율법을 범했소. 그리고 그 죄는 무섭게 드러났소. 당신은 그것만 생각하구려. 두렵소! 아, 나는 두렵소. 우리가 하나님을 잊었을 때, 서로의 영혼에 대한 존경심마저 저버렸을 때, 이미 그때 우리는 저 세상에서 순결하고 영원한 결합을 이루는 것은 바랄 수 없게 된 거요. 하나님은 알고 계시오. 자비로운 하나님은 그 자비를 특별히 내가 괴로워하는 것으로 내려 주셨소. 이 타오르는 아픔을 가슴에 심어 주신 것으로도 알 수 있소. 저 무서운 늙은이를 보내어 더 고통스럽게 하신 것만 보아도 알 수 있소. 또한 나를 이곳으로 이끌어 군중 앞에서 수치스럽지만 승리에 빛나는 죽음을 맞게 하셨지 않소? 아마 이런 고통 가운데 어느 하나라도 빠졌더라면 난 영원히 구원을 받지 못했을 거요. 하나님의 뜻을 이룰지어다. 그럼, 잘 있어요."

목사는 숨을 거두면서 이 말을 남겼다. 그때까지 침묵을 지키고 있던 사람들은 무겁고도 미묘한 신음 소리로 일제히 부르짖었다. 그들이 품은 경외(敬畏)의 감정은 오직 그런 낮은 소리로밖엔 표현할 길이 없었던 것이다.

그리고 남은 이야기

며칠이 지났다. 사람들 사이에서는 처형대에서 벌어졌던 일을 둘러싸고 여러 가지 해석이 나돌았다.

구경꾼들 중 대부분은 헤스터 프린이 가슴에 달았던 것과 흡사한 주홍 글씨가 딤스데일 목사의 가슴에 새겨진 것을 보았다고 말했다. 그것에 대해서는 온갖 설명이 있었으나 결국은 모두 상상으로 만들어 낸 것이었다.

어떤 사람은 이렇게 설명했다. 딤스데일 목사는 헤스터 프린이 처음으로 치욕의 징표를 붙인 그날부터 고행을 시작했고, 자기 몸에 끔찍한 고통을 가하는 등 여러 가지 방법으로 속죄를 했다는 것이었다. 또 어떤 사람은 그 낙인이 나타난 것은 최근의 일로, 로저 칠링워스가 마술과 독약의 힘을 빌어 그것을 드러나게 했다고 말했다. 한편, 이렇게 설명하는 이들도 있었다. 그들은 목사의 특이한 감수성과 정신이 그의 몸에 미치는 영향을 잘 알고 있었다. 따라서 그 낙인은 목사의 마음에서 끊임없이 움직이는 참회의 이빨 자국이라고 말했다. 그 자국이 몸 밖으로 뚫고 나와, 마침내 하나님의 심판을 증명했다는 것이었다.

그러나 몇몇 사람들은 그 광경을 끝까지 지켜보았고 목사에게서 한 번도 눈을 돌린 적이 없는데도 목사의 가슴에는 아무것도 나타나지 않았다고 주장했다. 그들의 말에 따르면, 목사가 죽음을 앞두고 한 말은 헤스터 프린의 죄와는 아무런 관계가 없으며, 그런 암시조차 내비치지 않았다는 것이다. 목사는 사람들이 자신을 성자처럼 숭배한다는 것을 알기 때문에 일부러 타락한 여자의 품에 안겨 숨을 거둔 것이라는 해석이었다. 즉 무한한 순결의 관점에서 본다면 인간은 모두 똑같은 죄인이라는 교훈을 주려 했다는 것이다.

이런 말들이야 어찌되었든, 딤스데일 목사의 경험이 우리에게 주는 도덕적 교훈 가운데 한 가지를 적어 두기로 한다.

진실하게 살라. 설령 최악의 죄는 아닐지라도, 그것에서 최악의 것을 짐작할 수 있다면 숨김없이 세상에 밝히라.

딤스데일 목사가 숨을 거둔 뒤, 로저 칠링워스로 알려진 노인의 모습과 태도는 크게 달라졌다. 모든 힘과 지적 능력이 한꺼번에 그에게서 빠져나간 것 같았다. 그는 마치 뿌리 뽑힌 잡초가 햇볕을 받고 시들어 가듯 오그라들고 말라붙어, 사람들의 시야에서 사라져 갔다. 결국 로저 칠링워스는 그 일이 일어난 지 채 일 년이 되지 않아 세상을 떠났다. 마지막으로 그는 이곳 뉴잉글랜드와 영국에 있는 꽤 많은 재산을 헤스터 프린의 딸인 펄에게 물려주라는 유언을 남겼다고 한다.

그러나 의사가 죽은 뒤 주홍 글씨의 여인은 딸과 함께 이 지방에서 자취를 감추었다. 이따금 막연한 소문이 대서양을 건너 들려오기는 했지만 그중에 믿을 만한 소식은 없었다. 그리하여 주홍 글씨에 관한 이야기는 전설이 되고 말았다.

그러나 그 마력은 여전히 살아 있었다. 딤스데일 목사가 숨을 거둔 처형대와, 헤스터 프린이 살았던 바닷가 오두막집은 사람들에게 두려움을 안겨 주는 존재가 되었다.

어느 날 오후, 이 오두막집 가까이서 아이들이 놀고 있을 때였다. 잿빛 옷을 입은 키 큰 여자가 그 집에 들어가는 모습이 보였다. 그녀의 가슴에는 뚜렷한 주홍 글씨가 달려 있었다. 그렇게 헤스터 프린은 이곳에 돌아왔다. 그리고 오랫동안 버려 두었던 치욕의 징표를 다시 단 것이다.

그런데 펄은 어디에 있는 것일까? 아직 살아 있다면 지금쯤은 피어나는 꽃처럼 아리따운 처녀가 되었을 것이다. 그 꼬마 요정이 때 이르게 처녀로 세상을 떠났는지, 아니면 그 야성적이고 변덕스러운 성질이 부드럽게 가라앉아 여자로서 아늑한 행복을 누리게 되었는지에 대해 알고 있는 사람은 아무도 없었다.

그러나 헤스터가 다른 나라에 사는 누군가에게서 사랑과 관심을 받고 있다는 흔적이 있었다. 봉투에 유럽 가문의 문장(紋章)이 찍힌 편지가 오두막집에 여러 통 와 있었기 때문이다. 이 집에는 사치스러운 물건들이 있었는데, 헤스터는 이것들을 전혀 쓰지 않았다고 한다. 그것은 부자만이 사들일 수 있고 그녀에게 애정을 품은 사람만이 생각할 수 있는 물건들이었다. 그리고 언젠가 한 번은 헤스터가 풍부한 상상력을 아낌없이 발휘해 아기 옷에 수를 놓고 있었다.

남의 말을 하기 좋아하는 어떤 사람들에 따르면, 펄은 살아 있을 뿐만 아니라 결혼해서 행복한 가정을 이루었다고 한다.

그러나 헤스터로서는 펄이 가정을 꾸민 낯선 지방보다는 이곳 뉴잉글랜드에서 좀 더 진실한 삶을 누릴 수 있었다. 이 땅에서 죄를 저질렀고 슬픈 일들을 겪은 만큼, 이 땅에서 속죄를 해야 했다. 그래서 그녀는 이곳에 돌아와 주홍 글씨를 스스로 가슴에 달았다. 그 뒤로 그 징표가 그녀의 가슴을 떠난 적은 한 번도 없었다.

많은 사람들이 슬픔과 괴로움을 안고 그녀에게 와서 충고를 구하였다. 특히 사랑 때문에 시련을 겪는 여자들이 헤스터의 오두막집을 찾아와, 그들이 불행한 까닭과 거기에서 헤어날 방법을 묻곤 했다. 헤스터는 힘 닿는 데까지 그들을 위로하고 상담해 주었다. 그녀는 언젠가 좀 더 밝은 시대가 오면 새로운 진리가 나타나, 남녀 관계도 보다 튼튼한 토대 위에 성립되어 모두 행복해질 거라고 말해 주었다.

젊은 시절 헤스터 프린은 자신이 하나님이 정하신 예언자일지로 모른다는 생각을 한 적이 있었다. 그러나 자신처럼 죄를 지어 평생 무거운 짐을 짊어져야 할 여성에게는 그런 사명이 맡겨질 리 없다는 것을 깨달았다. 하나님의 계시를 전할 천사나 사도는 고결하고 현명한 여성이어야 할 것이다. 그런 성품은 어두운 과거를 통해서가 아니라 기쁨에 찬 영감을 통해 얻은 것이어야 한다. 그리고 살아가면서 진정한 시련을 거쳐, 성스러운 사랑이 얼마나 우리를 행복하게 하는가를 몸소 보여 주는 여성이어야 한다.

헤스터 프린은 여자들에게 그렇게 말했다. 그러고는 슬픈 눈길로 주홍 글씨를 내려다보았다.

그 뒤로 여러 해가 지났다. 훗날 킹스 채플이 세워진 지역과 가까운 묘지에, 오래되어 움푹 가라앉은 무덤 옆에 새 무덤이 생겼다. 두 무덤은 어느 정도 사이를 두고 떨어져 있었다. 고이 잠든 두 사람의 유해는 서로 합칠 권리가 없다는 듯 말이다. 그러나 두 무덤을 지키는 묘비는 하나였다.

그 둘레에는 문장이 새겨진 묘비들이 즐비하였다. 그런데 이 초라한 묘비에는 그 뜻을 알 수 없는 방패 모양의 문장이 조각 되어 있었다. 거기에는 짧은 문구가 새겨져 있었는데, 그것은 격 언이라고 볼 수도 있고 지금 우리가 끝맺으려는 이야기의 상징 이라고도 할 수 있겠다. 어두운 묘비에 희미하게 타오르는 듯 새겨진 문구는 바로 다음과 같았다.

검은 바탕에 주홍 글씨 'A'

치욕의 상징을 변화시킨
고귀한 영혼의 힘

강혜원 _ 전 서울 상암고등학교 국어 교사

죄와 벌에 관한 몇 가지 질문들

중국 전한 시대의 역사가 사마천을 아는지? 그는 중국 최고의
역사서 《사기(史記)》를 쓴 학자로 잘 알려져 있다. 그런데 그가
유명한 것은 단지 훌륭한 역사서를 썼기 때문만은 아니다. 《사
기》 탄생에 얽힌 뒷이야기를 들어 보자.

사마천은 아버지의 뒤를 이어 사관(史官, 역사를 기록하는 관
리)으로 책임을 다했다. 그러던 중 북방 원정을 나갔다가, 흉노에
게 어쩔 수 없이 투항한 이릉 장군을 변호하여 왕의 노여움을 샀
다. 그 결과 그는 궁형(宮刑)이라는 치욕적인 형벌을 받게 되었
다. 궁형이란 남자의 생식기를 자르는 끔찍한 형벌이다. 자신의
치욕을 생각하면 하루에도 아홉 번씩 속이 뒤집히고 등줄기에 식
은땀이 흘러 옷을 적시지 않는 날이 없었다고 고백한 사마천. 하
지만 그는 고통을 딛고 역사를 기록하는 일에 더욱 매진했다. 이
렇게 해서 후대에 길이 남을 역사서인 《사기》가 탄생했다.

한편, 다음과 같은 이야기도 있다.

가난한 소년이 굶주림을 견디지 못하고 동네 목장의 양을 훔
쳐다 팔아 생계를 이어 갔다. 그러나 결국 발각되어, 사람들은 불
에 달군 쇠로 소년의 이마에 'S. T.'라는 글자를 찍었다. 이 글자
는 바로 '양 도둑(sheep thief)'의 약자였다. 무서운 형벌을 받고
괴로워하던 소년은 앞으로 올바르게 살겠다고 마음먹었다. 열심
히 일을 했고, 어려운 이웃을 도왔다. 그렇게 세월이 흘러 소년은
어른이 되었다. 이제 마을 사람들은 그를 훌륭한 사람이라 여겼

낙인(烙印)이란 쇠붙이로 만든 뒤 불에 달구어 찍는 도장으로, 가축이나 목재 등에 주로 사용한다. 과거에는 노예가 도망치지 못하도록 할 때나 형벌의 수단으로 몸에다 낙인을 찍기도 했다. '낙인찍힌다'라는 말은 '씻기 어려운 불명예스러운 판정이나 평판'을 비유적으로 이를 때에도 흔히 쓰인다.

으며, 마침내 그를 시장(市長)으로 모시기로 했다. 그가 시장으로 취임하는 날, 어느 소년이 아버지에게 시장의 이마에 새겨진 글자에 대해 물었다. 이 소년의 아버지는 시장이 어린 시절에 잘못을 저질렀을 때 그의 이마에 낙인을 찍는 데 한몫했던 사람이었다. 그는 아들의 질문에 잠시 망설이다가 이렇게 대답했다.

"저분의 이마에 찍힌 글자는 성자(Saint)라는 뜻이란다. 저분은 하느님이 인정하신 성자야."

이 두 이야기에는 공통점이 있다. 사회에서 정한 규범을 어겨 수치스러운 벌을 받은 사람이 끊임없이 노력한 끝에 세상의 인식을 바꿔 놓았다는 것이다.

너대니얼 호손의 소설 《주홍 글씨》에서도 우리는 사회적·종교적 틀 안에서 죄인으로 낙인찍힌 여인을 만난다. 그러나 그 여인은 세상의 손가락질을 뛰어넘어 결국 자신의 죄의식을 떨쳐 내고, 나아가 사람들의 인식까지 긍정적으로 변화시키기에 이른다. 그 여인을 둘러싸고 벌어지는 일들을 보며 여러 가지 질문을 던져 볼 수 있다.

법이나 종교, 윤리와 같이 인간이 만들어 놓은 규범은 항상 정당한 것일까? 설령 정당하다 할지라도 단지 규범을 어겼다는 이유만으로 참기 어려운 고통과 수치를 받아야 할까? 또, 규범을 어기지는 않지만 사악한 마음으로 다른 사람을 괴롭히는 행동은 용서해도 되는 것일까? 과연 인간의 죄는 어디까지 규정할 수 있을까? 온갖 구속과 탄압 속에서 영혼의 자유를 얻을 수 있는 길은 무엇일까?

이런 질문들을 품고 《주홍 글씨》의 책장을 한 장 한 장 넘겨 보자.

엄격한 규범 아래 싹튼 사랑과 증오

17세기 중엽 뉴잉글랜드 보스턴 시. 한 여인이 주홍빛 글씨 'A'를 가슴에 달고 감옥 문을 나선다. 그녀의 품에는 갓난아이가 안겨 있다. 이 여인의 이름은 헤스터 프린. 헤스터는 자기보다 나이가 훨씬 많은 학자와 결혼하여 남편보다 먼저 뉴잉글랜드 땅에 건너왔다. 그런데 머지않아 따라오기로 했던 남편은 아무리 기다려도 오지 않고 소식도 없었다. 결국 헤스터는 두 해가 넘도록 혼자 살다가 아이를 낳았다. 곧 부정한 만남의 결과였던 셈이다.

청교도 재판관들은 헤스터에게 평생 동안 가슴에 주홍 글씨를 달고 살라는 판결을 내린다. 헤스터는 처형대 위에 세 시간 동안 서 있으면서 사람들의 따가운 눈총과 험한 욕설에 시달린다.

이때 처형대를 둘러싸고 그녀를 지켜보는 군중 속에는 그동안 행방불명되었던 헤스터의 남편이 있었다. 그는 본명을 버리고 로저 칠링워스라는 이름의 의사로 신분을 바꾼 채 마을에 정착

한다. 그리고 감옥으로 헤스터를 찾아가,
자신이 그녀의 남편이라는 사실을 알리지
말라고 당부한다.

이윽고 감옥에서 풀려난 헤스터는 외딴
바닷가 오두막집에서 바느질로 생계를 이
어 간다. 그녀의 딸인 펄은 사랑스럽지만
엄마도 예측할 수 없는 독특한 성격을 지
닌 아이다. 펄은 또래 친구는 없었지만 자
유분방하고 밝은 모습으로 자라난다.

보스턴의 지도자들은 헤스터가 죄인이
라는 이유로 그녀에게서 아이를 떼어 놓
으려고 한다. 그러나 헤스터는 자신에게
는 펄이 유일한 희망이자 교훈이라며 함
께 살도록 해 달라고 말한다. 이 자리에서
아서 딤스데일 목사는 그녀의 입장을 지
지하는 변론을 하여 허가를 이끌어 낸다.

《주홍 글씨》의 삽화들. 헤스터 프린
의 가슴에 새겨진 주홍 글씨를 구경
하는 마을 사람들(위). 한밤중에 처
형대 위에 오른 딤스데일 목사와 헤
스터 프린, 그리고 펄(아래)

온 마을 사람들이 우러러보는 젊은 목사 딤스데일. 그가 바로
헤스터와 사랑을 나눈 남자이자 펄의 아버지이다. 예민한 감수
성을 지닌 그는 늘 죄책감에 시달리며 버릇처럼 가슴에 손을 얹
고 다닌다. 하지만 자신을 존경하는 사람들 앞에서 차마 스스로
죄를 밝히지 못한 채 나날이 쇠약해져 간다.

한편 로저 칠링워스는 신도의 자격으로 딤스데일 목사에게 접
근한다. 그는 곧 목사의 주치의이자 친구가 되어, 목사와 한집에
살면서 치밀하게 복수의 과정을 밟아 간다. 목사의 몸을 치료해
준다는 명목 아래 그의 영혼 깊숙한 곳까지 파고들면서 그를 더
욱 피폐하게 만든다.

"우리는 신에게 선택받은 후예"
청교도 정신과 미국 문화

"나는 모두를 위한 자유와 정의를 실현하고 하나님 아래 분리될 수 없는 하나의 나라인 나의 공화국과 그것을 상징하는 국기에 대해 충성을 맹세합니다."

이것은 미국의 국가와 국기에 대한 충성 서약이다. 미국에 이민 온 사람들은 국적을 취득하는 기념식에서 이 서약문을 암송한다. 여기서 미국 문화에 스며 있는 청교도 전통을 엿볼 수 있다.

1620년 미국 매사추세츠 주. 메이플라워호를 타고 온 102명의 청교도들이 상륙했다. 청교도는 영국에서 생겨난 개신교 개혁파의 일부이다. 그들은 1559년 엘리자베스 1세가 내린 통일령을 따르지 않고 영국 국교회에서 정한 가톨릭 제도를 배척하면서, 엄격한 도덕, 향락 제한, 주일의 신성화 등을 주장했다. 결국 이들은 심하게 박해를 받다가 다른 나라로 이주했다. 특히 미국 북동부 6개 주에 걸친 뉴잉글랜드는 청교도들이 뿌리를 내린 곳이자 가장 규율이 엄격한 곳으로 알려져 있다.

미국의 충성 서약문. 1923~1924년에 쓰인 것 가운데 하나이다.

청교도들은 굶주림과 고통 속에서 미국 사회를 건설했다. 금욕, 절제, 규율을 기본 윤리로 삼은 한 청교도 사상은 미국 사회를 일군 힘으로 평가받기도 하지만 인간의 본성을 억압하고 죄의식과 규율 속에 가두는 등 독선적 경향도 강했다. 청교도 사상은 18세기까지 미국 사회를 지배했으나 점차 쇠퇴하고 변질될 수밖에 없었다. 서부로의 진출, 새로운 사상의 대두 등 시대의 변화에 따른 결과였다.

그러나 청교도 정신은 여전히 미국인의 의식을 잠재적으로 지배하고 있다. 특히 충성 서약은 그 대표적인 예이다. 여기에는 '미국인은 신에게 선택받은 후예'라는 자긍심이 깔려 있다. 즉 자신들의 삶의 방식이 다른 나라의 것보다 우월하며, 그것을 세계에 전파해야 한다는 사명감을 띤 것으로 해석되기도 한다. 우리나라를 비롯한 여러 나라에 미국식 개신교를 전파하고 미국식 민주주의 정부를 수립하도록 한 것도 그러한 생각에 뿌리를 두고 있다. 이런 흐름이 한편으로는 문화적 침략이나 외세의 간섭이라는 부정적인 결과를 낳기도 했다.

메이플라워호를 타고 뉴잉글랜드에 상륙한 청교도들

헤스터가 형벌을 받은 지 7년이 지난 어느 날 밤, 딤스데일 목사는 마음의 괴로움을 이기지 못해 스스로 처형대로 향한다. 그가 환상에 사로잡혀 처형대 위에 서 있을 때 헤스터와 펄이 그곳을 지나게 되고, 세 사람은 손을 잡고 함께 처형대 위에 오른다. 때마침 하늘에서 떨어지는 별똥별이 목사의 눈에는 주홍 글씨 'A'로 비친다.

헤스터는 그날 밤 목사의 모습을 보고는 그가 로저 칠링워스의 계략으로 고통받고 있다는 것을 알아차린다. 그녀는 복수심으로 찌들 대로 찌든 칠링워스를 만나 목사를 용서해 달라고 간청한다. 그러나 그의 반응은 냉담할 뿐이다. 결국 헤스터는 자신이 책임지고 목사를 돕기로 결심한다. 그리고 숲 속에서 딤스데일을 만나 전 남편의 정체를 밝힌다. 그곳에서 헤스터와 딤스데일은 변함없는 사랑을 확인하며, 고향 땅 영국에서 새로운 삶을 일구기로 약속한다.

그러나 교활한 로저 칠링워스는 곧 두 사람의 변화를 눈치 챈다. 그리고 그들이 잉글랜드 땅을 떠나는 날 자신도 같은 배를 타겠다고 마음먹고 선장을 통해 미리 손을 써 놓는다.

헤스터와 딤스데일이 떠나기로 계획한 날은 장관의 취임식이 열리는 경축일이다. 이날 딤스데일 목사는 취임 축하 설교를 맡아, 그 어느 때보다 열의에 넘치는 설교를 한다. 청중의 영혼을 울리는 설교를 마친 딤스데일. 그는 비틀거리는 몸으로 헤스터 모녀에게 다가가 셋이서 함께 처형대 위에 선다. 마침내 목사는 수많은 사람들이 지켜보는 가운데 자신의 죄를 털어놓고 윗옷을 열어젖히는데…….

19세기에 바라본 17세기 종교 사회

미국 작가 너대니얼 호손의 대표적인 장편 소설인 《주홍 글씨》
는 호손이 46세 때인 1850년에 간행되었다. 이 소설은 17세기,
지금의 미국 북동부 지역인 뉴잉글랜드 보스턴을 배경으로, 이
곳에 뿌리 내린 청교도들을 등장인물로 삼고 있다. 소설 도입부
에 나오는 '지금으로부터 이백여 년 전'이라는 말이 시대를 분명
하게 밝혀 주고 있는 셈이다.

청교도들은 금욕적인 생활을 강조했고 엄격한 규율로 자신들
의 신앙을 지키려 했다. 화려하고 호사스런 사치를 멀리하고, 청
빈하고 검소한 가운데 엄격한 계율을 지키는 것이 청교도의 생
활 방식이었다. 조금이라도 쾌락을 추구하는 것을 금기시하여,
인간의 본성을 억압하는 측면도 강했다. 심지어 소설과 연극, 음
악까지 금지한 적도 있었다. 종교가 곧 법률이었고, 그 법률은 더
없이 엄격했으며 때론 원시적이기까지 했다. 작가 호손은 《주홍
글씨》의 전반부에서, 그 당시 부모의 말을 듣지 않는 자식들
은 곤장을 맞았고, 술에 취해 소란을 피우는 사람은 매질을
당했다고 적고 있다.

이런 가치관이 지배하는 사회에서 주인공 헤스터 프
린이 아버지를 알 수 없는 아이를 낳은 일은 혹독한
징벌과 배척을 당할 수밖에 없는 사건이었다. 이 소
설은 바로 이 사건을 중심으로 인물들의 내면에서
일어나는 종교적·윤리적 갈등, 인물과 인물 간의
심리적 갈등, 인간의 본성과 사회 규범이 빚는 갈
등 등을 엮어 가고 있다.

'주홍 글씨'가 대표하는 상징적 표현, 인물과 인

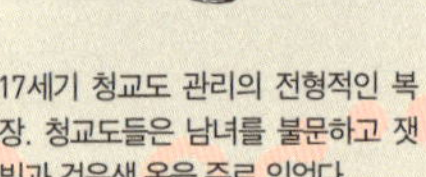

17세기 청교도 관리의 전형적인 복
장. 청교도들은 남녀를 불문하고 잿
빛과 검은색 옷을 주로 입었다.

헤스터 프린이 아기를 안고 처형대에 선 모습은 소설 속의 말대로 성모 마리아를 연상케한다. (맨 왼쪽부터) 아기 예수를 안고 있는 성모 마리아, 헤스터 프린을 표현한 삽화(1980), 영화 〈주홍 글씨〉(1995)

물을 오가며 그려 내는 심리 묘사가 두드러진 이 소설은 17세기 청교도 사회를 생생하게 표현한 역사 소설의 성격도 띠고 있다.

그런데 미국 사회를 엄격하게 지배하던 청교도 사상은 서부를 개척하며 새로운 환경에 직면하면서 이미 18세기 말쯤 그 빛을 잃어 갔다. 유럽의 계몽사상이 전파되면서부터는 인간성의 존엄과 자유의지를 중시하는 기풍이 널리 퍼졌다. 19세기를 살아가던 호손은 이러한 시대적 변화 속에서 《주홍 글씨》를 통해 청교도적 삶의 허구성을 비판하였다.

여성, 치욕을 긍지로 바꾸다

우리는 그동안 역사 책이나 문학 작품 속에서 자기 운명에 당당하게 맞섰던 강인한 여성들을 보아 왔다. 우리나라 소설의 주인공들 중에서도 주어진 운명에 순응하지 않는 의지의 여성들을 발견할 수 있다. 〈이생규장전〉의 최 처녀와 《춘향전》의 춘향만 보아도 그렇다. 그들은 시련 속에서 사랑을 이어 가고, 권력의 위

한국판 주홍 글씨, 《자녀안》

고려 시대와 조선 시대에 《자녀안(恣女案)》이라는 기록 대장이
있었다. 여기서 '자녀(恣女)'란 '방자한 여자', 즉 '행실이 음란하
고 방탕한 여자'를 가리킨다. 양반집 규수로 품행이 바르지 않거
나 세 번 이상 결혼한 사람의 행동을 기록한 것이 바로 《자녀안》
으로, 이것은 재가(再嫁)를 금지한 유교 사회의 산물이다.

영화 〈자녀목〉(1984). 조선 시대 가부장제
에 희생양이 된 여성의 삶을 그렸다.

재가를 금지한 조치는 공양왕 1년(1389) '6품 이상의 처첩은 남
편이 죽은 뒤 3년간 재가할 수 없으며, 수절할 경우 그 정절을 포
상한다'라는 규정에서도 발견할 수 있다. 당시에는 유부녀가 문
란한 행동을 하면 《자녀안》에 기록하고 종으로 신분을 낮추었다. 이 전통은 조선 시대에 더욱 강화되어,
양반이 재가를 하려면 왕의 승인을 얻어야 했다. 그러다 성종 때에는 재가를 아예 금지하기에 이른다.
《자녀안》에 이름이 오르면 그 가문이 망신당하는 것은 물론 과거와 승진에도 큰 지장을 받았다. 《자녀
안》에 오른 여자의 자식은 관직에도 나갈 수 없었다. 이 때문에 어느 가문에 행실이 나쁘다는 평판을
듣는 여자가 있으면, 그 집안에서는 그 여자를 스스로 죽게 만들거나 죽이는 벌을 내리기도 했다. 남편
이 죽은 뒤에도 끝까지 정절을 지킨 여인을 기리는 '열녀문'과는 정반대로, '자녀'로 낙인찍힌 여인들이
목매달아 죽은 나무를 '자녀목'이라 불렀다. 《자녀안》, 자녀목, 그리고 열녀문. 이 모든 것들은 봉건주의
시대 가부장 제도 아래 희생된 여성을 대표하는 상징물이다.

협과 죽음 앞에서도 의연했던 여성들이다.

오랜 세월 동안 여성은 약하고 보호받아야 하는 존재로 여겨
져 왔다. 때로는 기본적인 인권을 지닌 인간으로 존중받지 못하
기도 했다. 여성에게 참정권이 주어진 것도 19세기 말이 되어서
야 가능했던 일이다. 사회적으로, 문화적으로 약자였기에 여성
의 당당함과 강인함은 더욱 빛을 발했는지도 모른다.

《주홍 글씨》의 주인공들 가운데 한 사람인 헤스터 프린. 주홍
글씨를 달고 저주와 욕설, 치욕을 받아야 했던 그녀를 보며 독자

들은 연민을 느끼는 한편 존경심을 품게 된다. 그녀는 타고난 위엄과 의지를 보여 주었다. 처형대 위에 서서 모욕을 받는 순간에도 기품을 잃지 않았다. 그것은 자신의 행동이 정당하다고 여겼기 때문은 아니었다. 자신의 실수에 대한 책임은 자신이 져야 한다는 생각과, 과거의 잘못은 떨치고 이제부터 제대로 된 삶을 살겠다는 의지에서 나온 행동이었다.

결국 헤스터 프린은 세상이 부여한 주홍 글씨의 의미마저도 바꾸어 놓았다. 자신과 함께 고통을 짊어져야 할 사람은 몸을 사렸지만 그것을 원망하지 않았다. 오히려 그 사람이 당하는 시련을 안타깝게 여기며 그에게 용기와 희망을 불어넣어 주었다. 나아가 가난한 사람들을 돕고 불행과 재난을 만난 사람들에게 안식처가 되어 주는 등, 세상의 손가락질을 사랑으로 되갚는 위대한 힘을 발휘했다. 그 결과 사람들은 죄와 수치의 상징이었던 주홍 글씨 'A'를 다르게 풀이하기에 이르렀다.

주홍 글씨는 그녀의 소명을 상징했다. 일을 하는 힘도, 남을 동정하는 마음도 강했기 때문에 많은 사람들은 이제 주홍 글씨 'A'를 본래의 뜻대로 해석하려 들지 않았다. 그들은 주홍 글씨 'A'가 '유능한(able)'과 같은 뜻이라고 풀이했다.

사실 헤스터는 세상이 정해 놓은 규범을 인정한 것은 아니었다. 자신의 실수와 잘못은 인정했지만 그것으로 삶과 명예 등 모든 것을 빼앗기는 것이 정당하다고 생각하지는 않았다. 그랬기에 수치심과 죄의식에 짓눌리지 않고 일어설 수 있었고, 딤스데일에게 새로운 삶의 가능성을 이야기할 수 있었다.

 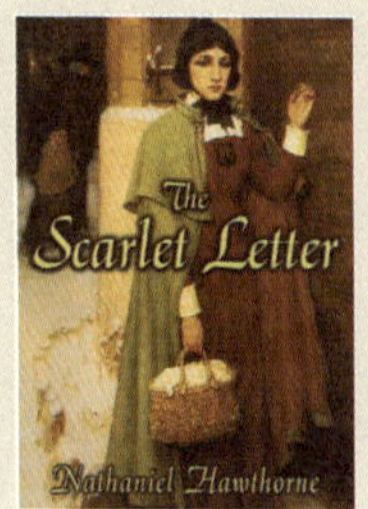 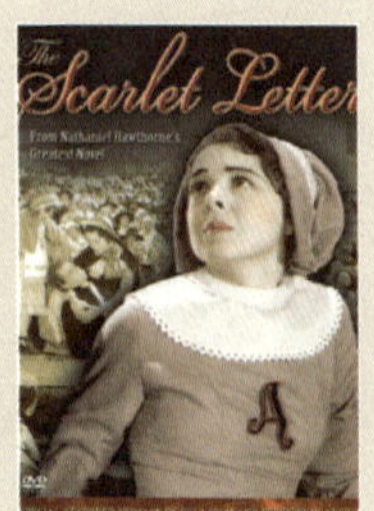 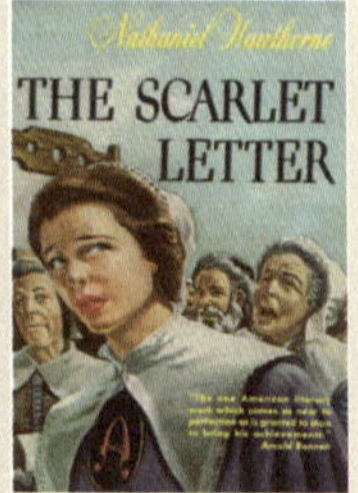

《주홍 글씨》의 여러 가지 버전. (왼쪽부터) 1950년대와 2006년 판본, 1930년대 영화, 2005년판 오디오 북

스스로 벌 받는 남자 VS.
복수심으로 추락한 남자

아서 딤스데일 목사는 헤스터 프린과 함께 청교도 사회의 규범을 어긴 인물이다. 하지만 그는 그녀와 같은 길을 걷지 않았다. 헤스터는 여자였기에 아기를 낳을 수밖에 없었고 따라서 간통이라는 죄를 감추지 못했지만, 그는 자신의 죄를 숨기고 지낼 수 있었다. 그러나 죄인이라 지탄받기는커녕 성직자로서 존경을 받았기에 더욱 괴로웠다.

딤스데일은 여러 면에서 헤스터와는 대조적이다. 헤스터가 죄인답지 않은 떳떳함으로 자신에게 주어진 형벌을 받는 동안 그는 끊임없이 망설이고 고민했으며 자신을 학대하기까지 했다. 세상이 주는 벌을 받을 용기도, 세상과 맞서 싸울 의지도 없었다. 다만 자신에게 가혹한 벌을 내릴 뿐이었다. 양심의 가책이라는 벌은 그 어떤 벌보다도 무서운 형벌이었다. 그래서 결국 세상 사람들 앞에 비밀을 고백하게 된 것이다.

이 소설에서 딤스데일 목사의 영혼을 괴롭히는 사나이 로저 칠링워스는 한마디로 소름 끼치는 인물이다. (참고로, 영어에서

'칠링(chilling)'은 '으스스한', '찬 기운이 도는'이라는 뜻이다.) 그는 아내 헤스터가 다른 남자의 아이를 낳았다는 사실을 알고는 '인간 사회의 명단에서 자신의 이름을 지워 버리기로' 결심했다. 그것은 단지 이름을 바꾸었다는 의미에 그치지 않는다. 인간으로서 지켜야 할 최소한의 선량함도, 도덕심도, 너그러움도 버리겠다는 의미가 담겨 있다.

칠링워스의 복수 과정은 참으로 섬뜩하다. 병을 치료해 준다는 명목으로 딤스데일 목사에게 접근했지만 역설적이게도 그의 몸과 마음을 더욱 병들게 했다. 그가 벌이는 심리극은 그야말로 교묘하기 짝이 없다. 목사의 섬세한 감성을 건드려 그를 자기 학대의 늪으로 깊이 몰아넣었다. 칠링워스의 목적은 딤스데일 목사의 죄를 세상에 드러내는 것이 아니었다. 목사가 스스로 영혼을 갉아먹으며 고통 속에서 죽어 가게 하는 것이었다.

물론 작가는 칠링워스를 끝까지 악인으로 그리지는 않았다. 그는 죽기 직전, 펄에게 전 재산을 물려준다는 유언을 남겼다. 이것은 그가 헤스터와 딤스데일을 용서했으며 자신의 악행을 뉘우쳤다는 뜻이 아닐까?

딤스데일과 칠링워스는 서로에게 가해자이자 피해자인 관계

연극 〈주홍 글씨〉 가운데 로저 칠링워스와 아서 딤스데일 목사가 대화하는 장면(왼쪽), 처형대에서 숨을 거두는 딤스데일 목사와, 그를 지켜보는 로저 칠링워스

에 있다. 딤스데일은 칠링워스의 부인인 헤스터와 옳지 못한 관계를 맺어 칠링워스에게 상처를 주었다. 그 결과 그의 냉혹한 복수에 휘말리고 말았다. 딤스데일과 칠링워스, 두 사람 모두 자기만의 음침한 동굴 속에서 슬퍼하거나 분노하며 파멸을 부른 셈이다. 이것은 헤스터 프린이 세상과의 관계 속에서 삶의 지평을 넓혀 간 것과는 크게 다른 모습이라 할 수 있다.

누가 죄인이고 누가 악인인가?

죄란 무엇일까? 누군가가 사회 규범을 어겨 마땅히 벌을 받아야 할 때, 우리는 그를 죄인이라 부른다. 규범이란 한 사회나 집단 내에서 지켜야 할 법칙이나 원리로, 사회 구성원의 가치에 근거를 두고 있다. 그런데 구성원들의 가치란 가장 보수적인 것에서 가장 급진적인 것까지 다양한 스펙트럼을 이루고 있기에 규범이 절대적으로 옳다고 하기는 어렵다. 건전하고 합리적인 사회의 규범은 구성원들의 공감을 얻기 쉬우며, 급격히 변하고 있는 사회 혹은 가치관의 혼란을 겪는 사회의 규범일수록 구성원들과 갈등을 빚기 쉽다.

사회에서는 규범을 어긴 사람들에게 비난을 퍼붓거나 신체에 벌을 내리기도 한다. 사회 질서를 어지럽히는 행동을 한 사람은 죄인으로 지탄을 받는 것이다.

그러나 드러나지 않는 죄도 많다. 남의 마음에 심한 고통을 안겨 주는 경우도 있고, 잘못된

조선 시대 형벌 중 하나인 태형(笞刑)을 집행하는 장면. 여기서 '태'는 회초리 모양의 매를 말한다.

가치관을 다른 이에게 강요하여 힘
겹게 만드는 경우도 있다. 때로는 마
음에 입은 상처가 매를 한 대 맞은
것보다 더 오래, 심지어 평생토록 지
울 수 없는 아픔을 남기기도 한다.

이 소설에서 헤스터와 딤스데일
은 분명히 당시 규범을 어긴 죄인
이었다. 지금의 규범에 비추어 보

기독교에서 말하는 '최후 심판의 날'을 표현한 그림. 《주홍
글씨》에서 딤스데일 목사는 심판의 날이 오면 인간이 숨겨
온 모든 비밀과 죄가 저절로 드러날 것이라고 말한다.

아도 정당한 행위를 한 사람들은 아니다. 명백한 실수였고 잘못
이었다. 하지만 그렇다고 해서 사람들 앞에서 치욕을 당하고 평
생 동안 낙인찍힌 채 손가락질을 감수해야만 했을까? 게다가 자
식까지 또래 아이들과 어울리지 못한 채 외롭게 커야만 했을까?

또한 교묘한 심리술로 딤스데일의 몸과 영혼을 파멸로 이끄는
칠링워스는 어떠한가? 그에게는 아무런 잘못이 없을까? 자신이
상처를 입었다는 이유로, 이미 스스로 벌을 받고 있는 사람을 사
사로이 고통에 빠뜨리는 일은 정당화될 수 있을까?

이 이야기의 배경이 17세기 미국이 아닌 현대의 미국 사회였
다면 헤스터와 딤스데일의 잘못은 주홍 글씨를 달고 평생을 살
아야 할 만큼 죄악시되지는 않았을 것이다. 오늘날 우리나라에
서였더라도 비난을 받긴 하겠지만, 자신을 모든 것을 잃고 고통
속에서 살아야 하지는 않았을 터이다. 같은 행동이라도 시대와
장소에 따라 다르게 여겨질 수 있다는 뜻이다.

그 당시 사람들이 입을 모아 죄인이라 규정한 헤스터의 삶과
가치관을 보면 그녀는 그렇게까지 지탄받아야 할 사람은 결코
아니었다. 또한 그녀는 자기의 실수를 인정하며 누구보다 양심
적으로 살았다. 규범이 사람의 본성이나 성품을 가늠하는 절대

적 기준이 될 수 없다는 것을 보여 준 예이다.

어느 사회에나 사람이 사람을 벌하는 제도가 있다. 많은 사람이 모여 사는 곳이기에 규범과 규칙, 그리고 그것을 어겼을 때 가하는 벌칙이 있을 수밖에 없다. 그러나 그것이 우리 인간의 한계를 넘어서는 안 될 것이다. 인격을 모독하는 벌이나 새로운 삶의 가능성을 제거해 버리는 형벌은 한계를 넘는 형벌이다. 남의 물건을 도둑질했다고 하여 손목을 자르는 일, 좋지 않은 행동을 했다는 이유로 돌팔매질을 하거나 모욕을 주는 일 등이 그러한 형벌의 예라 할 수 있다.

죄에 대해서도 다시 정리해 볼 필요가 있다. 공동체의 조화와

《주홍 글씨》에 영감을 준 묘비가 있다!

훗날 킹스 채플이 세워진 지역과 가까운 묘지에, 오래되어 움푹 가라앉은 무덤 옆에 새 무덤이 생겼다. 두 무덤은 어느 정도 사이를 두고 떨어져 있었다. …… 이 초라한 묘비에는 그 뜻을 알 수 없는 방패 모양의 문장이 조각되어 있었다.

미국 보스턴 킹스 채플 묘지에 있는 엘리자베스 페인의 묘비

이처럼 《주홍 글씨》의 결말 부분에는 헤스터와 딤스데일 목사의 묘비를 묘사한 구절이 나온다. 알려진 이야기에 따르면, 너대니얼 호손은 보스턴의 킹스 채플 묘지에 있는 비석에서 아이디어를 얻었다고 한다. 이 묘비는 엘리자베스 페인이라는 여성의 무덤에 세워진 것으로, 소설에서 묘사한 것과 같이 방패 모양의 문장이 새겨져 있다. 비석의 모양이 닮았을 뿐, 무덤의 주인인 엘리자베스 페인과 헤스터 프린 사이에는 아무런 연관성이 없다. 단, 헤스터 프린이라는 이름은 1600년대에 살았던 윌리엄 프린이라는 여성의 이름에서 따온 것이라는 이야기가 있다. 그 당시 윌리엄 프린은 영국 국교회에 반대했다는 이유로 귀가 잘리는 형벌을 받았다.

주홍 글씨 'A'를 표현한 시도들. 여러분은 이 소설을 읽으며 어떤 'A'를 상상했는지?

질서를 파괴하는 것은 옳지 않은 행동이며 다른 사람에게 피해를 주는 일 역시 그렇다. 인륜을 어기는 행동, 미풍양속을 해치는 행동도 마찬가지이다. 그런 행동들은 '죄' 또는 '잘못'이라 여겨져 지탄을 받게 마련이다. 하지만 우리가 죄로 규정 지어 가하는 형벌이 혹시 인간의 자유로운 본성을 억압하지는 않는지, 또한 인간다움을 말살하는 것은 아닌지도 곰곰이 생각해 보아야 할 것이다.

현실과 상상의 경계를 넘나들다

《주홍 글씨》를 읽다 보면 이 작품이 정말 소설인가 하는 생각이 들곤 한다. 꾸며 낸 이야기 같지가 않고 실제로 있었던 일을 누군가가 들려주는 듯한 느낌을 주기 때문이다.

소설 첫 부분에서부터 이야기를 이끌어 가는 서술자의 목소리를 들을 수 있다. 서술자는 작품 속에서 인물을 평가하고, 그 행동을 뒷받침해 설명하기도 한다.

이제 막 이야기를 시작하려는 저 불길한 감옥 문턱에서 들장미들을 발견했으니, 그 가운데 한 송이를 꺾어 독자 여러분에게 선사하려고 한다.

이렇게 독자에게 직접 말을 건네기도 한다. 감옥에서 처형대로 나올 헤스터 프린을 기다리며 광장에서 웅성거리는 사람들을 묘사할 때도 서술자는 왜 그런 상황이 벌어졌는지 이해할 수 있도록 독자들에게 청교도 사회의 분위기를 설명해 준다. 작가는 작품 속을 자유롭게 드나드는 서술자를 만들어 낸 것이다. 따라서 독자들은 책을 읽으며 마치 누군가의 이야기를 듣는 것처럼 빠져 들게 된다.

호손은 왜 이런 서술 방식을 썼을까? 그것은 이 소설이 비록 허구의 세계이기는 하지만 '완전히' 꾸며 낸 이야기는 아니라는 것을 보여 주고 싶었기 때문이다. 《주홍 글씨》는 분명한 역사적·사회적 배경을 둔 소설이다. 실제 인물인 벨링엄 장관과 윈스럽 장관이 등장하기도 한다. 17세기 보스턴의 엄격한 사회 분위기는 인간의 자유로운 본성을 억눌렀다. 규범에 짓눌린 사람들의 삶을 꾸며 낸 이야기가 아닌 사실로 받아들일 때, 독자는 인간의 본성과 규범, 죄의 문제에 대해 보다 진지하게 고민할 수 있을 것이다.

《주홍 글씨》에 등장하는 인물 가운데 실존 인물이었던 벨링엄(좌)과 윈스럽(우). 뉴잉글랜드 이주 초기의 청교도 지도자들이다.

인간은 살아가면서 '주홍 글씨'를 달게 될 때가 있다. 스스로 달 수도 있고, 남이 달아 줄 수도 있다. 그것이 죄의 상징으로 머물지, 아니면 언젠가 아름다운 꽃으로 피어나 삶을 바꿀지는 누구도 알 수 없다. 그럴 때 우리는 헤스터처럼 자신의 벽과 사회의 벽을 극복하는 자세로

그릇된 믿음이 부른 비극, 세일럼 마녀 재판

1692년 2월 어느 날 뉴잉글랜드 세일럼 마을. 새뮤얼 패리스 목사의 집에서 목사의 딸 엘리자베스가 갑자기 발작을 일으키며 헛소리를 했다. 며칠 뒤, 엘리자베스의 사촌인 열한 살짜리 애비게일도 발작을 일으켰다. 두 아이는 누군가 몸을 바늘로 찌르고 칼로 베는 것처럼 아프다며 괴성을 지르고 몸을 비틀어 댔다. 곧이어 마을의 몇몇 소녀들도 비슷한 증세를 보이며 고통을 호소했다. 부모들은 기도와 설교로 아이들을 진정시키려 했으나 소용이 없었다. 의사를 불러왔지만 병의 원인은 밝혀지지 않

세일럼의 마녀 재판 사건을 그린 〈마녀 재판〉

았고, 사람들은 초자연적 원인, 즉 마귀에 씌었다는 결론을 내렸다.

마을 사람들은 '사탄이 마녀를 내세워 해코지를 한다'고 판단해 소녀들을 심문했다. 그러자 소녀들은 환각 상태에서 보았다는 이들을 지목했다. 패리스 목사의 집에서 하녀로 일하는 인디언과 입이 험한 거지 여인, 그리고 행실이 좋지 않아 구설수에 올랐던 노파 등이 체포되었다. 그래도 소녀들의 증세는 가라앉지 않았고 오히려 비슷한 증세를 보이는 사람들이 늘어만 갔다. 그리고 마을 사람들이 너도 나도 서로를 마녀로 지목하면서 마녀 혐의자들 역시 늘어났다. 결국 1년 남짓 되는 기간 동안 모두 185명이 체포되었는데, 그중 20명은 처형당하고 5명은 옥중에서 사망했다. 어느 80세 노파는 몸에 널빤지를 얹고 그 위에 돌덩이를 쌓는 고문을 받다가 짓눌려 죽기도 했다.

이것이 미국 역사상 치욕적인 장면으로 기록된 '세일럼 마녀 재판' 사건이다. 훗날 의학자들은 그 소녀들이 곰팡이 핀 호밀빵을 먹고 그런 증세를 일으켰거나 일종의 뇌염에 걸린 것이었다는 연구 결과를 내놓았다. 역사학자들은 개척 시대 초기, 토지를 둘러싼 주민들 간의 반목이 낳은 사건으로 해석했다. 극작가 아서 밀러는 세일럼 마녀 재판을 소재로 희곡 《크루서블(The Crucible)》(1953)을 썼다. 역사의 아이러니라고 해야 할까? 오늘날 세일럼은 마녀 박물관과 마녀 상점 등, '마녀'를 캐릭터로 내세운 관광지가 되었다.

희곡 《크루서블》을 무대에 올린 연극 《크루서블》의 포스터

세일럼에 있는 마녀 박물관. 이 지방의 대표적인 관광 코스이다.

살아가야 할까? 또는 딤스데일처럼 스스로 시련을 주어 죄를 승화시켜야 할까? 아니면 펄처럼 꾸밈없이 본성을 펼치면서 살아야 할까? 책을 덮으면서도 이런 저런 질문들이 머릿속을 맴돈다.

청교도의 미덕과 모순을 간파한 작가, 너대니얼 호손

너대니얼 호손은 1804년 7월 4일, 미국 매사추세츠 주 세일럼에서 청교도 집안의 선장 아들로 태어났다.

그의 조상인 윌리엄 호손 소령은 청교도 이민 초기에 미국에 정착했는데, 당시 이주민들은 인디언과 퀘이커 교도에 대해 매우 적대적이었다. 윌리엄 호손의 아들 존 호손은 세일럼에서 일어난 마녀 재판 사건에 참여한 인물 중 한 사람이다.

호손의 작품들 가운데 청교도들의 퀘이커 교도 박해를 그린 《상냥한 소년》이나, 과거에 조상이 마법을 썼다는 죄목으로 한 남자를 재판하여 저주를 받는다는 내용의 《일곱 박공의 집》 등에는 조상들의 행적에 대한 그의 비판 의식이 담겨 있다고 볼 수 있다.

그는 신앙과 생활에서의 순결과 절제를 중요시한 청교도의 기풍 아래 자랐으나, 그가 활동했던 19세기 미국 사회에는 인간의 본성과 자유를 존중하는 자유주의가 만연해 있었다.

호손은 1842년 결혼을 해서 콩코드로 이주할 때까지 세일럼에서 살았다. 세일럼은 아름다운 대자연의 신비를 간직한 곳으로 그의 성격과 사상, 작품에 큰 영향을

세일럼에 있는 호손의 생가

끼쳤다.

어린 시절, 호손은 그리 사교적인 소년이 아니었다. 혼자서 멀리 산책하는 것을 좋아했는데, 9살 때 다리를 다쳐 12살이 될 때까지 학교도 다니지 못하고 요양을 하면서 책 읽기에 열중했다. 17살 때 브런즈윅에 있는 보든 대학에 입학했는데, 이때 그는 평생에 걸쳐 우정을 나눌 세 친구를 만났다. 그중 한 사람은 훗날 미국의 제14대 대통령이 된 프랭클린 피어스였고, 또 한 사람은 허레이쇼 브리지로, 나중에 해군에서 큰 공을 세운 사람이었다. 그리고 우리에게도 잘 알려진 시인 롱펠로가 있었다.

호손의 세 자녀 중 맏딸 우나(오른쪽)와 아들 줄리안. 《주홍 글씨》에서 펄은 우나를 모델로 하여 창조했다고 한다.

대학에서 글쓰기에 뛰어난 소질을 보였던 호손은 대학을 졸업하고 세일럼으로 돌아가 첫 소설 《팬쇼(Fanshawe)》를 쓴 뒤 자기 돈으로 출판하였다. 하지만 스스로 만족하지 못했고 호평도 얻지 못하였다. 그 뒤 10여 년 동안 호손은 외롭게 지내며 책을 읽고 글을 썼다. 일상에서 소재를 가져와 여러 편의 단편과 소품을 썼으나 모두 익명으로 발표했다.

말년의 너대니얼 호손

그는 작가로서는 독특하게 세관에서 일하기도 했다. 1839년부터 1841년까지 보스턴 세관에서 일하면서 경제적 안정을 얻었다. 이때 발표한 작품들로는 어린이들을 위한 《할아버지의 의자》, 《유명한 노인들》, 《자유의 나무》 등이 있다. 1842년 소피아 피바디와 결혼하였고, 2년 뒤에는 딸 우나가 태어났다. 뒤이어 아들 줄리안이 태어나고 작가로서 이름도 알려졌지만, 경제적으로는 어려웠기에 세일럼으로 돌아가 다시 세관에서 일했다. 이무렵 대통령 선거에서 휘그당이 승리를 하자 민주당원이었던 호손은 실직당하고 말았다.

　그는 곧바로 《주홍 글씨》를 쓰기 시작했다. 하루에 평균 아홉 시간 동안 이 소설에 매달렸다고 한다. 1850년 3월에 발간된 《주홍 글씨》는 한 달 사이 5000부가 팔려 나갔다. 그 결과 작가로서 명성을 얻었지만, 세일럼 주민들은 청교도 사회에 대해 서술한

큰 바위 얼굴, 꼭 한번 만나고 싶다

〈큰 바위 얼굴〉은 호손이 말년에 쓴 단편소설로, 우리나라 중학교 국어 교과서에 무려 45년여 동안 실려 널리 알려진 작품이다.

　남북전쟁 직후의 미국. 소년 어니스트는 어머니로부터 마을의 산에 있는 큰 바위 얼굴을 닮은 사람이 장차 훌륭한 인물이 될 것이라는 전설을 듣는다. 어니스트는 전설 속의 인물을 기다리며 진실하고 겸손하게 살아간다. 세월이 흐르는 동안 전설 속의 인물이라 일컬어지는 사람들이 마을을 지나간다. 어니스트는 돈 많은 부자, 용맹한 장군, 말 잘하는 정치인, 유명한 시인 등을 만났으나, 큰 바위 얼굴을 닮은 훌륭한 사람으로는 보이지 않는다. 그러던 어느 날 어니스트의 설교를 듣던 시인이 어니스트가 바로 '큰 바위 얼굴'이라고 소리친다. 하지만 어니스트는 집으로 돌아가면서, 자기보다 더 현명하고 올바른 사람이 큰 바위 얼굴을 하고 나타나기를 바란다.

〈큰 바위 얼굴〉의 모델이 된 바위. 남자의 얼굴 옆모습을 닮았다.

이 이야기는 사람의 진정한 가치란 돈이나 명예, 재능에 있는 것이 아니라 진실하고 겸손한 마음씨, 그리고 말과 행동이 일치하는 삶에 있다는 것을 말해 준다.

〈큰 바위 얼굴〉의 모델이 된 바위는 바로 미국 동북부 뉴햄프셔 주에 위치한 화이트 산에 있었다. 그 바위는 신기하리만치 사람 얼굴의 옆모습을 꼭 닮았는데, 2003년 5월 심한 폭풍우로 무너졌다고 한다. 마을 주민들은 안타까운 마음에 자발적으로 추모 행사를 벌였다고.

이 책의 서문을 읽고는 격분해 마지않았다. 결국 호손은 조상 대대로 살아왔던 세일럼을 떠나기로 결심하고, 매사추세츠 주 산악 지역에 있는 레녹스로 이사했다.

1853년에는 친구 피어스가 대통령에 취임하면서 호손은 영국 리버풀 주재 영사로 임명되었다. 이 시기에 그는 영국의 명승 고적을 두루 돌아다녔고, 1857년 영사직을 그만두고 나서는 가족과 함께 파리, 마르세이유, 제네바, 로마, 피렌체 등지를 다니다 1859년 런던에 정착했다. 1860년 이탈리아를 무대로 한 《대리석의 목신》을 출간했고, 같은 해 6월 미국으로 돌아왔다.

말년에 호손은 여러 편의 작품을 쓰며 새로운 주제와 인물을 탐구하려 애썼지만 건강과 상상력은 점차 고갈되어 갔다. 그러자 친구들은 그에게 환경이 좋은 곳을 찾아 요양하라고 권했다. 그는 피어스와 함께 여행을 하다가 1846년 5월 19일 플리머스에서 눈을 감았다.

호손은 《주홍 글씨》를 비롯하여 〈큰 바위 얼굴〉, 《일곱 박공의 집》, 《블라이스 데일 로맨스》, 《대리석의 목신》 등의 작품에서 심리주의적 특성을 보여 주었다. 특히 청교도 사상을 배경으로 뛰어난 상징 기법을 써서 인간의 본성과 죄의 문제 등을 깊이 있게 다루었다.

너대니얼 호손은 청교도 사상 위에서 성장했으나 청교도 사회의 미덕과 모순을 날카롭게 간파한 작가였다. 그의 고향 세일럼이 그에게 신비로운 아름다움을 안겨 주었으나, 동시에 인간의 자유를 억압했던 역사를 지녔으며, 결국엔 그를 떠나게 했듯이 말이다.

푸 른 숲
징 검 다 리
클 래 식
0 1 9

주홍 글씨

첫판 1쇄 펴낸날 2007년 12월 26일
18쇄 펴낸날 2025년 8월 18일

지은이 너대니얼 호손 **옮긴이** 김욱동
발행인 조한나
주니어 본부장 박창희
편집 박고은 정예림 강민영
디자인 전윤정 김혜은
마케팅 김인진 김은희
회계 양여진 김주연

펴낸곳 (주)도서출판 푸른숲
출판등록 2003년 12월 17일 제2003-000032호
주소 경기도 파주시 심학산로 10, 우편번호 10881
전화 031) 955-9010 **팩스** 031) 955-9009
이메일 psoopjr@prunsoop.co.kr **인스타그램** @psoopjr
홈페이지 www.prunsoop.co.kr

ⓒ푸른숲주니어, 2007
ISBN 978-89-7184-764-0 44840
　　　978-89-7184-464-9 (세트)